DAS EISMEER
Insel der Verbannten
W0362964
…LAND
…RCHIPEL
INSEL BERK
Der Innere Ozean
Fischgründe
Trostlos-Insel
…kopf-Insel
DICKSCHÄDEL-INSELN
WOTANS BADEWANNE
Sommerstrom
…MEER
…NSEL
DIE IRREN WIRRMEERE
FORT FINSTERICUM
…NSEL
…ölfe
Hier geht's zum Römischen Weltreich

Cressida Cowell

Drachenzähmen leicht gemacht

Strenggeheimes Drachenflüstern

In der Reihe »Drachenzähmen leicht gemacht« von Cressida Cowell
sind im Arena Verlag erschienen:
Band 1 *Drachenzähmen leicht gemacht*
Band 2 *Drachenzähmen leicht gemacht. Wilde Piraten voraus!*
Band 3 *Drachenzähmen leicht gemacht. Strenggeheimes Drachenflüstern*
Band 4 *Drachenzähmen leicht gemacht. Mörderische Drachenflüche*
Band 5 *Drachenzähmen leicht gemacht. Brandgefährliche Feuerspeier*
Band 6 *Drachenzähmen leicht gemacht. Handbuch für echte Helden*
Band 7 *Drachenzähmen leicht gemacht. Im Auge des Drachensturms*
Band 8 *Drachenzähmen leicht gemacht. Flammendes Drachenherz*

www.drachenzähmen.de

Hicks der Hartnäckige vom Hauenstein der Dritte
war ein Furcht einflößender Schwertkämpfer, ein Drachenflüsterer und überhaupt der größte Wikingerheld, der jemals lebte. Doch seine Memoiren entführen dich in die Zeit, als er noch ein ganz gewöhnlicher Junge war und sich überhaupt nicht vorstellen konnte, dass aus ihm mal ein Held werden würde.

Cressida Cowell
verbrachte ihre Kindheit in London sowie auf einer unbewohnten Insel an der Schottischen Westküste. Sie war überzeugt, dass es dort nur so vor Drachen wimmelte, und ist seither von ihnen fasziniert. Neben den Aufzeichnungen von Hicks' Memoiren hat sie mehrere Bilderbücher geschrieben und illustriert. Sie lebt mit ihrem Mann und drei Kindern im englischen Hammersmith.

Clara Vath
liebte es schon als Kind, bunten und verrückten Fantasiewesen eine Gestalt zu geben. Dass ihr dabei auch der ein oder andere Drache begegnet ist, kam ihr bei der Arbeit an Hicks' Memoiren sehr gelegen. Seit 2012 arbeitet sie als freie Illustratorin für verschiedene Unternehmen.

Cressida Cowell

DRACHENZÄHMEN
LEICHT GEMACHT

Strenggeheimes Drachenflüstern

Aus dem Englischen
von Karlheinz Dürr

Mit Illustrationen
von Clara Vath

Arena

Ich widme dieses Buch Maisie und Clementine

Ein großes Dankeschön an Simon Cowell, Caspar Hare und Andrea Malaskova

WARNUNG

Sämtliche Bezüge zu historischen Tatsachen sind natürlich vollkommen zufällig. Sag bloß nicht, man hätte DICH NICHT GEWARNT!

Die Originalausgabe erschien 2005 unter dem Titel »How to Speak Dragonese« bei Hodder Children's Books, London.

MIX
Papier aus verantwortungsvollen Quellen
FSC® C110508
www.fsc.org

1. Auflage 2016

Aus dem Englischen von Karlheinz Dürr
Einband, Satz und Illustration: Clara Vath
Gesamtherstellung: Westermann Druck Zwickau GmbH
ISBN 978-3-401-60232-5

Besuche uns unter:
www.arena-verlag.de
www.twitter.com/arenaverlag
www.facebook.com/arenaverlagfans

Haudrauf der Stoische
Hicks & Ohnezahn
Grobian
Feuerwurm
Fischbein & Horrorkuh
Berta, die Prallbusige

*Jeder Drache wird mit Punkten von 0-10 bewertet.

VORWORT DES AUTORS

Als ich ein Junge war, gab es noch Drachen.

Das war vor langer, langer Zeit. Vor so langer Zeit, dass ich die Augen schließen muss, um mich an all die Drachen erinnern zu können, und selbst dann gelingt es mir nur mit knapper Not. Wenn du diese Geschichte hörst oder liest, musst du eben einfach deine Vorstellungskraft ein wenig anstrengen.

Stelle dir die Zeit der Drachen vor – von denen manche so groß wie Hügel waren und in den Untiefen des Ozeans schlummerten, während andere kleiner als dein Fingernagel waren und durch das Heidekraut hüpften.

Und jetzt stelle dir die Zeit der Wikingerhelden vor, in der die Männer noch richtige Männer waren und die meisten Frauen auch so etwas wie richtige Männer und sogar die Babys schon kurz nach der Geburt auf der Brust Haare hatten.

Und jetzt stelle dir vor, du seiest ein Junge namens Hicks der Hartnäckige vom Hauenstein der Dritte, noch nicht ganz zwölf Jahre alt und auch nicht gerade auf dem besten Weg, die Art von Held zu werden, die sein Vater von ihm erwartete. Der Junge damals, das war natürlich ICH, aber der Junge, der ich damals war, scheint mir jetzt so fremd und weit entfernt, dass ich diese Geschichte so erzählen will, als sei er tatsächlich ein Fremder.

Also – stelle dir vor, dass nicht ich, der Fremde, der Held im Wartestand, in der Geschichte mitspielt, sondern DU. Du bist klein. Du hast feuerrotes Haar. Es ist dir natürlich nicht klar, aber du bist auf dem besten Weg, dich zum schlimmsten und furchtbarsten aller Abenteuer in deinem ganzen bisherigen Leben aufzumachen … Wenn du einmal ein alter, alter Mann bist, so wie ich jetzt, wirst du es »Meine erste Begegnung mit dem römischen Weltreich« nennen – und selbst aus diesem zeitlichen Abstand wird schon die Erinnerung genügen, dass dir ein Schauder über den Rücken und deine alten, verschrumpelten Arme läuft, wenn du dich an die Gefahren dieses entsetzlichen Abenteuers erinnerst …

1. FEINDLICHES-SCHIFF-KAPERN-UNTERRICHT (PRAKTISCHER TEIL)

Es war einmal ein nebliger Tag in einem kalten, kalten Land vor langer, langer Zeit, als sieben kleine Wikingerboote tapfer durch ein Meer fuhren, das *Wotans Badewanne* genannt wurde. Der Nebel hatte Friedland im Norden und die Insel Berk im Süden verschluckt und eigentlich auch so ziemlich alles andere, sodass die Boote wie kleine Himmelsschiffe aussahen, die die Erde unter sich gelassen hatten und durch das Wolkenmeer ganz hoch oben am Himmel segelten.

Im ersten Boot, der *Fettsau,* hockte Grobian der Rülpser, ein fast zwei Meter großer Hüne in winzigen Fellshorts. Seine Beinmuskeln waren so enorm, dass sie wiederum eigene Muskeln brauchten, und sein Bart sah aus wie ein vom Blitz erschlagener Igel. Grobian war der Klassenlehrer des Seeräuberausbildungsprogramms der Insel Berk und dieser Törn durch den Nebel gehörte zum Feindliches-Schiff-kapern-Unterricht.

In jedem der sechs Boote, die der *Fettsau* folgten, hockten zwei Jungen. Diese Jungen waren Grobians Schüler, jugendliche Angehörige des Stammes der Räuberischen Raufbolde.

»OKAY, IHR WIDERLICHEN POPEL VON WEIBERROTZ!«, brüllte Grobian so laut, dass man mehrere Meilen jedes

Wort verstehen konnte. »WIR WERDEN JETZT ÜBEN, WIE MAN EIN FEINDLICHES SCHIFF KAPERT, UND ZWAR AN EINEM GANZ EINFACHEN OBJEKT, NÄMLICH EINEM FRIEDLÄNDISCHEN FISCHERBOOT! KANN SICH EINER VON EUCH AN DAS ERSTE SEERÄUBERÜBERFALLSGESETZ ERINNERN?«

»DER FEIND MUSS ÜBERRUMPELT WERDEN, KOMMANDANT!«, bellte Rotznase, ein großer, widerlich geschniegelt aussehender Junge mit gigantischen Nasenlöchern und einem frisch sprießenden Schnurrbart.

»Sehr gut, Rotznase«, schnurrte Grobian der Rülpser und brüllte dann in voller Lautstärke weiter: »IN EINEM SO DICHTEN NEBEL HAT EUER BEUTESCHIFF NICHT DEN HAUCH EINER CHANCE, EUCH KOMMEN ZU SEHEN!«

Nicht nötig, sie können uns ja hören, dachte Hicks der Hartnäckige vom Hauenstein der Dritte düster und versuchte mit dem Blick den Nebel zu durchdringen. *Außer natürlich, wir haben das Glück, einem stocktauben friedländischen Fischer durch den Kurs zu kreuzen.*

Hicks der Hartnäckige vom Hauenstein der Dritte ist, was vielleicht ein wenig erstaunlich klingen mag, der Held dieser Geschichte. Erstaunlich deshalb, weil einem bei Hicks als Erstes auffiel, dass er so ganz, ganz gewöhnlich aussah. Er war eher klein und hatte ein mit ein paar Sommersprossen verziertes, absolut durchschnittliches Gesicht, das man in einer Menschenmenge jederzeit und überall übersehen würde.

Sein Drache Ohnezahn, der in diesem Augenblick vorne unter Hicks' Hemd schlief, sah genauso durchschnittlich aus wie sein Herrchen. Das einzig wirklich Bemerkenswerte an Ohnezahn war, dass er so bemerkenswert klein war. Er war höchstens halb so groß wie die Drachen der anderen Jungen.

Und wie du dir sicher vorstellen kannst, war das nicht gerade etwas, womit man angeben konnte.

Grobians Gebrüll hatte den kleinen Drachen aufgeweckt. Er streckte die Schnauze aus dem Kragen von Hicks' Oberhemd. »Wa-wa-was ist lo-lo-los?«, fragte er schläfrig auf Drachenesisch*.

»Ach, nur das Übliche«, flüsterte Hicks zurück und kraulte Ohnezahn hinter den Hörnern. (Der kleine Drache mochte das.) »Grobian brüllt, Rotznase gibt an und wir anderen treiben in Nebel und Kälte herum, statt gemütlich zu Hause vor dem Feuer zu sitzen ... du kannst weiterschlafen, wenn du magst.«

Ohnezahn kicherte. »Die spi-spi-spinnen, die Wi-Wi-Wikinger, verrückt wie die Ma-Ma-Makrelen. We-we-weck Ohnezahn auf, wenn's was zu fressen gibt ...« Und er verkroch sich wieder in dem netten warmen Plätzchen neben Hicks' linker Achselhöhle und machte die Augen zu.

Zusammen mit Hicks im Boot saß sein bester Freund

---

* Drachen sprechen Drachenesisch. Nur Hicks konnte diese faszinierende Sprache verstehen.

Fischbein, der noch magerer als Hicks war und wie ein Weberknecht mit Asthma und Silberblick aussah. Fischbein streckte die Hand in die Luft.

»Ist ja wirklich gut, Kommandant, dass sie uns nicht kommen sehen«, bemerkte er logischerweise. »Aber wie sollen wir sie im Nebel sehen, um sie kapern zu können?«

»Kinderleicht, du Mückenhirn«, dröhnte Grobian sehr selbstzufrieden. »Friedländischen Fischerbooten folgen immer Schwärme von Schwarzschwanzdrachen, die auf die Abfälle warten. Ihr müsst also bloß dem Lärm folgen, den sie machen, und dann findet ihr auch das Fischerboot. Dann müsst ihr nur noch das Boot entern und den Kriegsruf der Raufbolde brüllen, macht alle mal nach: JAAAAAAAAH!«, brüllte Grobian der Rülpser.

»JAAAAAAAH!«, brüllten die Jungen zurück und fuchtelten wie Verrückte mit ihren Schwertern herum.

»Jaaaaaah«, seufzten Hicks und Fischbein ohne große Begeisterung.

»Die Friedländer haben eine Heidenangst vor uns Raufbolden. Wotan allein mag wissen, warum … Also, Jungs, ihr stehlt ihnen einen Helm zum Beweis, dass ihr die Übung erfolgreich abgeschlossen habt, und meldet euch dann bei mir! DIE SACHE IST LEICHTER, ALS EINEM BABY DEN SCHNULLER ZU KLAUEN!«, donnerte Grobian der Rülpser.

»Oh, fast hätt ich's vergessen«, lachte er dann unbekümmert. »Da ist noch was, und das solltet ihr *auf keinen Fall* vergessen: UNTER KEINEN UMSTÄNDEN DÜRFT IHR AUS DIESER BUCHT GERATEN. Das ist SEHR WICHTIG, denn nicht weit von hier in südlicher Richtung verläuft der Sommerstrom, ein Warmwasserstrom, und ihr wisst doch sicher, was im Sommerstrom lebt …«

»Haiwürmer.« Fischbein verschluckte sich fast.

»Stimmt, Fischbein«, dröhnte Grobian. »Ich vermute mal, dass uns unser Naturkundefachmann Hicks etwas über die Haiwürmer zu berichten weiß.«

»Aber klar doch, Kommandant«, antwortete Hicks geflissentlich, denn er freute sich immer, wenn er eine Frage über sein Lieblingsthema – Drachen – beantworten durfte.

Er zog ein kleines, schäbiges Notizbuch aus der Tasche, auf dem in großen krakeligen Buchstaben *Drachensprache leicht gelernt* geschrieben stand. In diesem Buch notierte sich Hicks alles, was er über die drachenesische Sprache erfuhr, und außerdem auch Beschreibungen verschiedener Drachenarten und ihrer Lebensgewohnheiten.

»Nun«, sagte Hicks, der zugegebenermaßen gewisse Schwierigkeiten beim Entziffern seiner eigenen Handschrift hatte, »Haiwürmer sind eine Drachenart, die Haien wirklich sehr ähnlich sieht. Ausgewachsen erreichen sie eine Länge von bis zu sechs Metern und sie haben mindestens fünf Zahnreihen …«

»GEHT'S NICHT EIN BISSCHEN SCHNELLER UND EINFACHER, JUNGE?«, brüllte Grobian.

»Sie sind ausgesprochene Fleischfresser und fressen nicht nur Abfälle, die sie von Schiffen herunterreißen, sondern sie entern auch Boote und Schiffe und greifen die Besatzung an ... An Land laufen sie viel schneller als Menschen ... äh... Ich schlage vor, Kommandant, dass wir die Gegend schleunigst verlassen, falls auch nur der HAUCH einer Möglichkeit bestehen sollte, dass wir hier Haiwürmern begegnen.«

»Um Wotans willen, Junge«, grinste Grobian der Rülpser, »wer so denkt, sollte sich erst gar nicht hinterm Ofen hervorwagen. Ich bilde euch hier zu *Seeräubern* aus, nicht zu *Weicheiern.«*

»Und was ist, wenn wir uns verirren, Kommandant?«, flehte Fischbein.

»Verirren?«, schnaubte Grobian. »VERIRREN! Wikinger VERIRREN sich niemals!«

»Ehrlich, Kommandant«, spottete Rotznase verächtlich, »ich weiß gar nicht, warum Ihr Hicks den Nutzlosen und seinen fischbeinigen Versager von einem Freund nicht endlich aus dem Stamm hinauswerft! Sie sind eine Schande für uns alle!«

Hicks und Fischbein starrten unglücklich vor sich hin.

»Ich meine, schaut Euch doch nur mal ihr *Boot* an, Kommandant!«, fuhr Rotznase, triefend vor Verachtung, fort.

Die „Schräger Vogel"

»Wir sind *Wikinger,* Kommandant, die größten Schiffsbauer, die es im gesamten Altertum jemals gegeben hat, Kommandant! Mit einer Nussschale wie dem Ding hier machen wir uns doch nur lächerlich!«

»Du hältst dich wohl für besonders schlau, Rotznase«, erwiderte Hicks mit fester Stimme, »aber dieses Boot kann schneller fahren, als du denkst. Die äußere Erscheinung ist nicht alles, musst du wissen.«

Leider hatte Rotznase nicht ganz unrecht.

Die *Schräger Vogel* war eigentlich eher ein halbwegs schwimmender Betriebsunfall als ein seetüchtiges Wikingerschiff.

Sie war von Hicks und Fischbein eigenhändig im Schiffsbauunterricht gebaut worden und beide waren absolut hoffnungslose Schiffsbauer. Schon beim Entwerfen des Bauplans musste einiges schiefgelaufen sein, denn das Boot wurde nicht lang und schlank, wie ein Wikingerschiff sein sollte, sondern entpuppte sich als fetter und fast kugelrunder Zuber von der Form einer Bratpfanne.

Ihr Mast war zu lang und hing schräg und traurig nach Backbord über, sodass das Boot bei starkem Wind stark krängte, einen gewaltigen Linksdrall hatte und sich deshalb ständig um sich selber drehte.

Außerdem hatte es ein Leck.

Jede halbe Stunde mussten Fischbein oder Hicks das Leckwasser schöpfen, das sich am Boden angesammelt hatte. Dazu benutzten sie Hicks' Helm (weil Fischbeins Helm ebenfalls ein Leck hatte).

Grobian der Rülpser betrachtete die *Schräger Vogel.*

»Hmmm«, brummte Grobian nachdenklich, »du könntest recht haben, Rotznase. ABER JETZT!«, rief er scharf, »wenn ich in mein Horn blase, beginnt ihr mit der Übung!«

Er hob ein kurzes, schneckenähnliches Signalhorn an die fleischigen Lippen.

»Oooh du hüpfende Schleimqualle«, stöhnte Fischbein.

»ICH HASSE die Seeräuberausbildung! Wir werden uns verirren ... womöglich gehen wir alle baden ... und am Schluss werden wir ganz langsam von den Haiwürmern aufgefressen ...«

»K-R-E-I-I-I-I-I-I-S-C-H!«, kreischte das Horn.

2. HAIWÜRMER

Gerade war der Klang des Signalhorns verhallt, als sich der Nebel hob und für eine Sekunde den Blick auf die ganze Bucht freigab. Weiter rechts, in Richtung der verschwommengrauen Küstenlinie von Friedland, waren die schattenhaften Umrisse von vier oder fünf friedländischen Fischerbooten zu erkennen, die von ganzen Schwärmen schrill kreischender Schwarzschwanzdrachen umgeben waren.

»Da drüben!«, schrien Spitzmesser und Taubnuss Junior und wendeten ihr Boot, das *Rabenschiss* hieß.

»Alles unter Kontrolle, Fischbein!«, schrie Hicks aufgeregt. »Kann jetzt sehen, wo wir hinwollen!« Hicks riss die Ruderpinne der *Schräger Vogel* so scharf herum, dass Fischbein das Gleichgewicht verlor und mit dem Gesicht nach unten in das Leckwasser am Boden klatschte.

Der Wind erfasste die Segel genau im richtigen Moment und in der richtigen Stärke und die *Schräger Vogel* schoss hinter den anderen Booten her … Aber Hicks hatte Rotznases Boot *Habichtsklaue* übersehen, das von achtern hart am Wind heranbrauste.

Habichtsklaue war schlank und gemein und genauso gierig wie Rotznase selbst. Es war ein wunderschön gebautes Boot aus Ulmenholz und lief am Bug so scharf zu, dass es durch das Wasser schnitt wie eine Axt durch eine

Qualle. Am Steuer saß Stinker der Dussel, Rotznases bester Freund – ein großer, haariger Schlägertyp mit einem Ring durch die Nase, der jetzt so heftig losprustete, dass der Rotz in alle Richtungen davonspritzte.

»Hol ihn dir, Feuerwurm«, flüsterte Rotznase seinem Drachen zu, einem blutrot glänzenden Riesenhaften Albtraum. Der Drache sprang von seiner Schulter und stürzte sich mit wütendem Kreischen im Kamikazestil von hinten auf Hicks.

Feuerwurm schoss auf Hicks' Kopf herunter und stieß ihm den Helm mit ihren Fängen über die Augen. Hicks riss überrascht die Hände hoch und ließ dabei das Ruder los und im selben Augenblick rammte die *Habichtsklaue* die Backbordseite der *Schräger Vogel* und beulte sie ziemlich stark ein.

»Oh Mann … tut mir sooo leid, Nutzlos!«, jubelte Rotznase, während die *Habichtsklaue* völlig unbeschädigt weitersegelte. »Dein armseliges Schiffchen ist so klein, dass wir's glatt übersehen haben!«

»Hahaha«, lachte Stinker der Dussel schallend.

Der Stoß hatte die *Schräger Vogel* wieder einmal in ihre irren Kreiselbewegungen versetzt.

Eine Zeit lang drehte sie sich wackelig wie ein durchgeknallter Kinderkreisel oder ein geistig verwirrter Seeigel. Endlich gelang es Hicks, das Ruder zu packen. Fischbein rappelte sich von den Bootsplanken hoch und stöhnte leise.

Die *Schräger Vogel* kreiselte noch einmal, dann fingen die Segel wieder den Wind und das Boot schoss vorwärts. Aber inzwischen hatte sich der Nebel wieder herabgesenkt und war womöglich noch dichter als zuvor. Außerdem hatte Hicks nach all der Herumkreiserei jedes Gefühl für die Richtung verloren, in die sie segeln mussten. Und als das Triumphgeschrei von Rotznase und Dussel im Nebel verklang, segelten sie in geisterhafter Stille weiter.

»Wo sind die anderen alle?«, wollte Fischbein wissen.

»Pst«, schimpfte Hicks. »Ich versuche sie zu hören.« Zehn Minuten lang waren die Jungen absolut still.

Die einzigen Geräusche, die zu hören waren, kamen vom Wasser, das gegen die Bootswände plätscherte, und vom starken Wind, der die Segel knattern ließ. Inzwischen glitten sie sehr schnell dahin, aber wohin? Hicks und Fischbein strengten ihre Augen an, um durch den Nebel zu sehen, und sie spitzten ihre Ohren, um auch das leiseste Geräusch in der Stille aufzufangen. Wenn sie doch nur irgendetwas sehen oder hören würden – egal, was! Aber da war nichts.

Vielleicht war es nur Hicks' Einbildung, aber plötzlich schien es ihm, als sei die Luft ein *ganz klein wenig* wärmer geworden, und als er einen Finger durch das Wasser gleiten ließ, fühlte es sich *ein ganz klein wenig* weniger eiskalt an, als es eigentlich hätte der Fall sein sollen. Und da begann Hicks nachzudenken – über den

Sommerstrom und über Haiwürmer – und schon lief ein Angstschauer nach dem anderen über seinen Rücken hinunter und überall um ihn herum schienen die geisterhaften Nebelschwaden die Gestalt von Haiwurmfinnen anzunehmen …

»Nur mal interessehalber«, fragte Fischbein beiläufig, »wie greift eigentlich so ein Haiwurm an?«

»Na ja«, antwortete Hicks und fiel wieder ein paar Grad vom Kurs ab, in der Hoffnung, endlich wieder in die sichere Bucht zu gelangen, »eigentlich sollte dich ein Haiwurm nur angreifen, wenn du verwundet bist. Sie können dein Blut riechen, selbst wenn du selbst nicht im Wasser bist, und das treibt sie schier zum Wahnsinn. Und weil sie Beine und einen Fischschwanz haben, können sie tatsächlich AN BORD KLETTERN und dich holen, genau wie wir Seeräuber. Daher haben sie auch ihren Spitznamen ›Seeräuberdrachen‹. Sie können es zwar mindestens zehn Minuten an der Luft aushalten, aber gewöhnlich zerren sie dich ins Wasser zurück und töten dich dort.«

»Oh, wie *feinfühlig* von ihnen«, sagte Fischbein und untersuchte wie verrückt seinen Körper, um zu schauen, ob er irgendwelche Kratzer hatte. »Zählen eitrige Pickel auch oder muss man eine blutige Wunde vorweisen?«

»Bin nicht sicher«, gab Hicks zurück. »Hab noch nie einen Haiwurm persönlich kennengelernt.«

»Es wird immer besser«, erklärte Fischbein. »In Zeiten

wie diesen bin ich *so froh,* als Wikinger und nicht als Römer geboren zu sein.« (Die Römer waren die Todfeinde der Wikinger – ein ungeheuer herrischer Haufen, der sich unbedingt die ganze Welt unterwerfen wollte und es auch fast schaffte.) »Denk doch nur, wie LANGWEILIG es wäre, wenn wir Römer wären. Immerzu muss man lauwarme Bäder nehmen und in der Toga herumlungern, wenn man doch hier draußen die frische gesunde Luft genießen und die scharfzahnigen blutrünstigen Fleischfresser tätscheln kann …«

»Pst«, zischte Hicks und änderte den Kurs zum neunten Mal, »vielleicht hören wir jetzt bald etwas.«

Aber wieder herrschte nur Stille. Ein Wasserspritzer kam über die Bordwand und traf Hicks' Knöchel. Er fühlte sich deutlich warm an.

»Bi-bi-bin hu-hu-hungrig!«, kam eine tiefe, schwache Stimme aus Hicks' Brust heraus. Beide Jungen zuckten erschrocken zusammen.

In Hicks' Hemdkragen tauchte die Nase von Ohnezahn auf, Hicks' kleinem, unfolgsamem Drachen, gefolgt vom Rest seines Körpers. Er kletterte schläfrig über Hicks' Nacken hinauf und nahm auf dem Helm seinen gewohnten Platz ein. Dort schüttelte er die Flügel aus, suchte kurz und nachlässig nach Drachenflöhen und gab ein riesiges Gähnen von sich, wobei er eine leuchtend rosarote, gespaltene Zunge und absolut zahnlose Kiefer zeigte, von denen er seinen Namen hatte.

Ohnezahn war zwar nur ein Felddrache, die am meisten verbreitete aller Drachenarten, aber trotzdem war er ein sehr hübsches Tier. Seine Haut war ein tiefes Smaragdgrün, das auf dem Bauch in schillernde Perlmuttfarben überging wie die Schuppen einer Makrele, und darauf prangten hellbraune Sommersprossen. Riesige, unschuldig dreinblickende grasgrüne Augen leuchteten unter absurd langen Augenwimpern hervor.

Aber die äußere Erscheinung kann natürlich trügen, denn Drachen gehören zu den selbstsüchtigsten Wesen auf dem ganzen Planeten und Ohnezahn war gewissermaßen ein Killerhai im Babyrobbenfell.

»Du könntest uns eigentlich mal helfen, Ohnezahn«, sagte Hicks. »Es ist wichtig. Wir machen uns Sorgen, dass wir vielleicht versehentlich in den Sommerstrom geraten sind, und wir würden es nicht so gut finden, wenn wir einem Haiwurm begegneten, verstehst du?« Hicks lachte nervös. »Und du könntest vielleicht ein bisschen herumflattern und nach Booten Ausschau halten, damit wir den richtigen Kurs wiederfinden.«

»Frag doch Ho-Ho-Horrorkuh. Ohnezahn hu-hu-hungrig«, sagte Ohnezahn mürrisch. Er war wirklich in *sehr* miserabler Laune aufgewacht.

Hicks rollte die Augen zum Himmel und versuchte ganz geduldig zu erklären, dass Horrorkuh fest schlafe und es keine Möglichkeit gebe, sie aufzuwecken.

Horrorkuh war Fischbeins Drache – eigentlich ein recht nettes Biest, aber leider schlief sie meistens. Im Moment lag sie voll ausgestreckt unter einer der Ruderbänke. Fischbein hatte ihr einen Mantel unter den Kopf geschoben, damit sie nicht im Leckwasser ersoff.

»O-O-Ohnezahn macht ga-ga-gar nichts.« Ohnezahn war jetzt in das Große Schmollen gefallen. »K-k-kein Fressen, k-k-keine Arbeit. Ohnezahn. Hicks ist ein Quä-Quä-Quälgeist. Mach di-di-dies. Mach da-da-das. Ohnezahn ist ein D-D-Drache, kein Sklave. Schuften, schuften, schu-schu-schuften, das ist alles, was du von O-O-Ohnezahn willst!«

»Ohnezahn, du hast seit dem Frühstück geschlafen!«, protestierte Hicks. »Und das ist das Unfairste, was ich jemals gehört hab! Ich muss dich ständig vom Schwanz bis zur Schnauze bedienen, das weißt du genau! Ich füttere dich ständig. Erzähle dir Witze. Trage dich überallhin …«

»Ohnezahn ha-ha-hat schwache Flügel«, erklärte Ohnezahn pathetisch.

»Letzte Nacht hast du mich vier Mal aufgeweckt!«

»Ohnezahn hatte schlimmen A-A-Albtraum!« Ohnezahn riss seine großen grünen Augen noch weiter auf. »Großer fetter Mensch mit riesigen Zähnen hat armen, armen Ohnezahn durch das ganze Be-Be-Bett gejagt, wollte Ohnezahn fa-fa-fangen, weil er so selten ist …«

»Du wolltest Austern!«, heulte Hicks. »Austern, morgens um drei!«

»Austern gu-gu-gut gegen Albtraum!«, protestierte Ohnezahn. Doch Hicks' Geduld war zu Ende.

»Du wolltest nicht still sein! Du hast dich auf den Bettpfosten an Vaters Bett gesetzt und hast mir gedroht, dass du ihm direkt in die Ohren kreischst, wenn du keine Austern bekommst! Ich musste aufstehen, mich anziehen und welche von der Austernbank im Raufboldhafen holen, und als ich zurückkam, wolltest du sie nicht mal fressen, weil sie die falsche Farbe hatten oder irgend so was!«

»Da waren so schwa-schwa-schwarze Dinger drauf!«, jammerte Ohnezahn. »Ohnezahn hasst schwarze Dinger, die sind zum K-Kotzen ...«

»Oh, verdammt, sei nicht so ein Riesenbaby, Ohnezahn!«, fauchte ihn Hicks an. »Das waren nur Seetangsamen und du hast die Austern trotzdem nicht gefressen, obwohl ich alle Samen weggeputzt hatte!«

»Ich bedaure, euch unterbrechen zu müssen«, warf Fischbein nervös dazwischen, »aber ich bin ziemlich sicher, dass ich dort drüben die Finne von einem Haiwurm gesehen habe …«

Aber Ohnezahn und Hicks waren so wütend aufeinander, dass sie nicht zuhörten. Sie standen sich Nase an Schnauze und Auge in Auge gegenüber. Ohnezahn hatte sich fast zur doppelten Größe aufgeplustert und seine Haut hatte eine hässliche senfgelbrote Farbe angenommen. Hicks hatte glatt vergessen, dass man einem Drachen nicht lange in das Auge blicken durfte: Sein Blick wirkt hypnotisch und tatsächlich wurde Hicks auch schon schwindlig. Aber er war so wütend, dass es ihm egal war.

Dieser Drache war dieses Mal ZU WEIT gegangen. Hicks HATTE ENDGÜLTIG GENUG.

Dieses Mal würde er nicht nachgeben.

»Alles mache ich für dich!«, tobte Hicks los. »Und wenn ich dich dann einmal auch nur um den kleinsten Gefallen bitte, etwa in der Drachentrainingsstunde ein paar lächerliche Makrelen zu fangen oder nach Haiwürmern Ausschau zu halten, damit wir nicht alle aus dem Boot gezerrt und zerfleischt werden, was machst du? Du trittst in Streik. Aber dieses Mal bist du eindeutig zu weit gegangen. Ich hab genug! Ich gebe nicht mehr nach. Du kannst meinetwegen streiken, bis du blau wirst, und es ist mir total egal.«

»Okay«, zischte Ohnezahn, »dann wird O-O-Ohnezahn wirklich in Streik treten!«

Mit großer Würde flatterte Ohnezahn von Hicks' Schulter und flog zur Mastspitze hinauf, wo er sich hinhockte und wütend vor sich hin brummte: »O-O-Ohnezahn ein Riesenbaby? Ha! Das werden wir ja sehen, He-He-Herr Klugscheißer Hicks. Wi-wi-wirst schon selber herausfinden, wie lange du ohne Hilfe von Riesenbaby auskommst ...«

»Was macht er da oben?«, fragte Fischbein.

Fischbein konnte kein Drachenesisch, deshalb wusste er nicht genau, was hier vor sich ging. »Hält er Ausschau nach Booten, damit wir endlich in die Bucht zurückfinden?«

»Äh, eigentlich eher nicht«, gestand Hicks, dessen Kopf von dem Anstarr-Wettkampf mit Ohnezahn immer noch schwirrte. »Wir hatten eine kleine Meinungsverschiedenheit und jetzt streikt er. Aber mir steht's bis *hier* mit diesem Drachenbiest! Er hat's zu oft zu weit getrieben! Jetzt ist für mich die Grenze erreicht ...«

»Oh, um Thors willen!«, explodierte Fischbein. »Dafür haben wir jetzt wirklich keine Zeit … SCHAU!«

Endlich schaffte es Hicks, seinen Blick wieder zu fokussieren.

Er schaute.

Der Nebel waberte noch immer um das Boot, sodass es schwierig war, etwas zu sehen. Aber einen winzigen Augenblick lang glaubte Hicks, eine lange schwarze Rückenflosse gesehen zu haben, eine Finne mit gezacktem Rand – was absolut keinen Zweifel daran ließ, dass es die Finne eines Haiwurms gewesen war und nicht die eines seiner viel harmloseren Verwandten, eines gewöhnlichen Hais.

»Also ich glaube eigentlich nicht, dass das ein Haiwurm war, Fischbein«, meinte Hicks unsicher. »Wahrscheinlich gaukelt der Nebel unseren Augen etwas vor.«

Doch Fischbein wollte kein Risiko mehr eingehen. Er versuchte Horrorkuh wachzurütteln, aber der kleine Drache schnarchte nur noch lauter.

»Wir brauchen Ohnezahn!«, schrie Fischbein in heller Panik. »Um Thors willen, tu was! Entschuldige dich bei ihm! Versprich ihm, dass er was ganz GROSSES zu fressen kriegt!«

»Du könntest recht haben«, gab Hicks zu. »Okay, Ohnezahn«, rief er nach oben. Durch den Nebel konnte er gerade noch den Drachen-im-Streik auf der Mastspitze ausmachen. »Ich entschuldige mich. Wir brauchen dich. Wenn du wieder runterkommst und uns hilfst, gebe ich dir in den nächsten drei Wochen mein gesamtes Essen ab.«

»Se-se-sechzig Sekunden«, murmelte Ohnezahn voller Befriedigung vor sich hin, »se-se-sechzig Sekunden, und schon flehen sie Ohnezahn wieder um Hi-Hi-Hilfe an.«

»Ich höre nicht zu!«, rief er dann laut mit singender Stimme und betrachtete angelegentlich und betont gelangweilt seine scharfen Krallen. »Hi-Hi-Hicks braucht doch sicher nicht Hilfe von Riesenbaby!«

»Ehrlich, ich glaube, wir brauchen ihn auch gar nicht. Hier passiert uns nichts«, sagte Hicks und kniff die Augen zusammen, während er angestrengt das Meer rund um das Boot absuchte. »Ich kann jetzt nichts mehr sehen und Haiwürmer sollen nur angreifen, wenn jemand eine offene Wunde hat …«

Aber Fischbein war schon zu sehr in Panik, um noch begreifen zu können, was Hicks sagte. Er brüllte den Mast hinauf: »Ooooohnezaaaaahn!«

»Ich höre nicht zu! Ich hö-hö-höre nicht zu!«, rief Ohnezahn zurück und bedeckte die Ohren mit den Flügeln.

Fischbein schloss die Augen in der Hoffnung, dass das alles eigentlich nicht wahr sein konnte. Und dann öffnete er sie wieder.

»Hör mal!«, zischte er plötzlich halb wahnsinnig vor Erleichterung. »Hörst du, was ich höre? Schwarzschwanzdrachen!« Hicks wurde ganz still.

Und da war es tatsächlich, ganz leise aus der Ferne – das Kreischen von Drachen.

»Ein friedländisches Fischerboot!«, rief Fischbein fröhlich. »Und auch noch genau rechtzeitig! Heute ist unser Glückstag!« Er riss Hicks das Ruder aus der Hand und schwang es herum, sodass das Boot in die Richtung zeigte, aus der das Geräusch kam.

»Komm schon, KOMM schon!«, drängte Fischbein die *Schräger Vogel*, als der Wind in ihre Segel griff und sie schnell vorantrieb. »Und bitte fang nicht an, dich im Kreis zu drehen!«

Zu Fischbeins großer Erleichterung wurde der Lärm der kreischenden Drachen immer lauter und die grauen, schattenhaften Umrisse eines riesigen Schiffes ragten aus dem Nebel.

Das Schiff war weit, weit größer, als Hicks erwartet hatte. Bestimmt hatten friedländische Fischerboote nicht drei übereinanderliegende Reihen Ruder? Und der Lärm der Drachen klang auch ziemlich ungewöhnlich.

»Diese Drachen sind nicht hungrig, sondern *wütend«*, sagte Hicks langsam.

»Na und?«, kreischte Fischbein aufgeregt und griff nach dem Enterhaken, der, an einem Tau befestigt, im Bug der *Schräger Vogel* lag. Er warf den Haken aus, der sich am obersten Rand des großen Bootes festhakte.

Fischbein war kein großer Athlet. Diese Sache zum Beispiel hatte er im Feindliches-Schiff-kapern-Unterricht unzählige Male versucht und es kein einziges Mal geschafft, den Enterhaken richtig zu werfen.

Tatsächlich war es ihm sogar mehrere Male gelungen,

sich dabei selbst auszuschalten. Und das beweist wieder mal glasklar, welch erstaunliche Dinge selbst jemand wie Fischbein leisten kann, wenn er sich in Todesgefahr wähnt.

»Warte mal eine Sekunde, Fischbein!«, sagte Hicks warnend. »Wir müssen einen kühlen Kopf bewahren! Einen Haiwurm haben wir eigentlich noch nicht zu sehen bekommen, oder? Und die Drachen schreien die abscheulichsten Dinge auf Drachenesisch …«

Aber Fischbein war zu sehr in Panik, um auf Hicks zu hören. »Hast du es denn schon vergessen? Wir sollen ein friedländisches Fischerboot kapern! Jetzt!«, schimpfte er. »Erinnerst du dich denn nicht an den Feindliches-Schiff-kapern-Unterricht? Erinnerst du dich noch an Grobian? Großer Bursche, Mundgeruch, Muskeln wie Bummsbälle? Der wird uns UMBRINGEN, wenn wir ohne einen friedländischen Helm zurückkommen, kapiert? Einerseits ist es natürlich eine faszinierende Frage, ob das wirklich ein tödlicher, menschenfressender Haiwurm war oder nur eine optische Täuschung, andererseits ist mir nicht danach, hier noch länger rumzuhängen und darüber zu diskutieren …«

Und Fischbein kletterte am Seil hinauf.

Auch beim Seilhinaufklettern war Fischbein normalerweise ziemlich hoffnungslos. Aber dieses Mal kam er schneller hinauf als eine Kurzflügelschlängelschlange auf einen Baum.

Hicks hüpfte nervös von einem Bein aufs andere und horchte auf den Lärm der wild wütenden Drachen, der von dem enormen Schiff kam, das über ihm aufragte.

Er konnte unmöglich zulassen, dass Fischbein das Schiff allein enterte.

Also richtete Hicks ein schnelles Gebet an Wotan, packte das Seil und kletterte hinter seinem Freund her.

»Jetzt geht's los«, murmelte Fischbein, als er das obere Seilende erreicht hatte und sich bereit machte, sich über die Bordwand zu schwingen. Mit zitternder Hand zückte er sein Schwert.

»Denk immer dran: Das sind nur ganz einfache Fischer und die haben eine Höllenangst vor uns Raufbolden«, machte er sich selber Mut. »Was hat Grobian gesagt, dass wir sagen sollen, wenn wir über die Bordwand springen? Oh, jetzt fällt es mir wieder ein, wir sollen diesen blöden Kriegsruf der Raufbolde ausstoßen, wie ging er noch mal? – JAAAAAAH!«

»Warte!«, flüsterte Hicks heftig und kletterte wie wild hinter ihm her. »Nichts überstürzen!«

Aber es war schon zu spät.

Hicks erreichte das Seilende im selben Augenblick, in dem sich Fischbein über die Bordwand schwang und aus voller Brust »J-A-A-A-A-A-A-A-A-A-H!« schrie. Grobian wäre stolz auf ihn gewesen.

Fischbein landete auf dem Deck, schwang sein Schwert so drohend und barbarisch, wie er nur konnte, über dem

Kopf und erwartete eigentlich nur, es mit zwei oder drei zu Tode erschrockenen friedländischen Fischerleuten zu tun zu haben.

Stattdessen drehten sich dreihundertfünfzig der feinsten und tapfersten und brutalsten Soldaten des römischen Weltreichs zu ihm um – von Zehen bis Zähnen mit den modernsten Waffen ausgestattet – und glotzten ihn an.

»Oh Scheiße«, flüsterte Hicks, der noch am Seil hing und vorsichtig über die Bordwand linste, voller Inbrunst. »Und das soll unser Glückstag sein …?«

Der Haiwurm

Wikingerdrachen und ihre Merkmale

Einer der absolut grausamsten Raubdrachen im ganzen Ozean. Vor ihm bist du weder zu Wasser noch auf Land sicher, denn der Haiwurm hat dicke, muskulöse Krokodilbeine, mit denen er zum Töten sogar an Bord von Schiffen klettern kann.

Bewertung nach Punkten 0-10

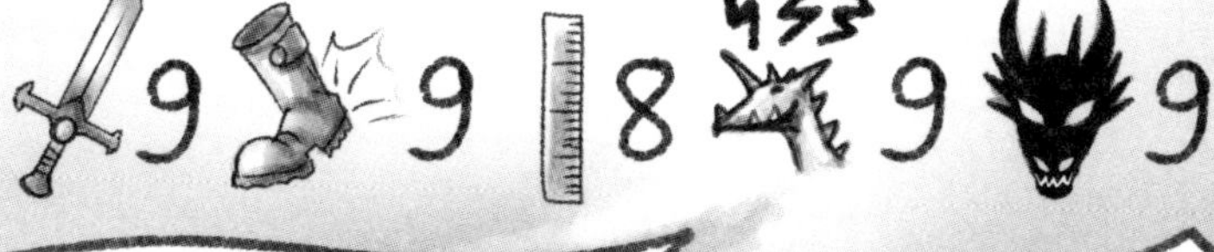

3. DER KLEINE IRRTUM DES WIKINGERHELDEN FISCHBEIN

»Oh nein«, stöhnte Fischbein oben auf dem Deck. Allmählich dämmerte ihm, dass das hier ganz bestimmt KEIN friedländisches Fischerboot war.

Sondern eine stattliche römische Galeere, siebzig Meter lang vom Bug bis zum Heck. Die Segel strahlten in reinstem Weiß, und als Hicks seinen Hals verdrehte, konnte er hoch oben die Flagge mit dem römischen Reichsadler ausmachen, die lustig im Wind flatterte. Das Schiff war zum Bersten gefüllt, offenbar mit einer halben Legion römischer Elitesoldaten. Sie starrten Fischbein mit einer Mischung aus ungläubigem Staunen und wachsender Wut an. Mittschiffs, neben dem Mast, stand ein gigantischer Eisenkäfig.

Und hinter den Gitterstäben saß eine enorme Menge Drachen gefangen, von jeder denkbaren Art und Vielfalt. Tödliche Naddern, Fliegende Drachogatoren, Rotfleckige Dämlichgreife, ein paar Gelbbrüstige Vampirinchen und eine Menge Gewöhnliche oder Felddrachen … Egal, welche Art, sie alle waren dort im Käfig zusammengepfercht: ein wildes Gemisch von Krallen und Klauen, Flügeln und Fängen, Schnäbeln und Scharfzähnen – sie alle sollten an die Restaurants und Schuhmacher Roms geliefert werden.

»Oh, um Thors willen«, stöhnte Hicks flüsternd. »Römische Drachenhändler. Ich kann's nicht glauben ...«

»Ah«, sagte Fischbein oben auf dem Deck mit nervösem Grinsen, wobei er sich rückwärts zur Bordwand schob. »Kleiner Irrtum, Leute, merke ich grade. Falsches Boot, versteht ihr?« Er versuchte ein völlig entspanntes, ungezwungenes Lachen. »Tut mir echt leid, dass ich euch gestört hab, Leute ... Achtet einfach nicht auf mich, ja? Macht nur einfach weiter ...«

Nicht weit von ihm entfernt stand ein Soldat, ein zwei Meter großer Zenturio mit Beinen wie Baumstämme, der mit drohender Geste sein Schwert zückte.

»Und wohin so eilig?«, fragte er Fischbein auf Lateinisch*. Er streckte seine große Hand aus, um Fischbein zu packen, aber der tauchte in letzter Sekunde unter seinem Arm weg.

»HALTET IHN!«, brüllte der große Zenturio und sechs oder sieben Soldaten stürzten sich auf Fischbein.

Also, wenn Hicks ein richtiger, traditionsbewusster Raufboldheld gewesen wäre, hätte er jetzt sein neues Schwert *Wagemut* gezogen und sich über die Bordwand geschwungen und hätte aus voller Lunge den Raufboldkriegsruf ausgestoßen und wäre seinem Freund in höchster Not zu Hilfe geeilt und so.

---

* Die alten Römer sprachen nicht Römisch, sondern Lateinisch. Die meisten Wikinger verstanden kein Latein, aber Hicks hatte heimlich ein wenig Latein von seinem Großvater Alt Faltl gelernt. »Könnte ja mal nützlich werden«, hatte Alt Faltl gemeint. (Und das war auch tatsächlich der Fall, und zwar öfters, als hier aufgezählt werden kann.)

Aber wenn Hicks ein richtiger, traditionsbewusster Raufboldheld gewesen wäre, dann wäre er schon seit dem ersten Band dieser seiner Memoiren so tot wie ein Rollmops gewesen. Ein *edler* Rollmops vielleicht, ein *ruhmbekleckster*, mutiger Rollmops; aber nichtsdestotrotz ein ganz, ganz toter Rollmops.

Stattdessen ließ sich Hicks, so still und heimlich er nur konnte, über die Bordwand gleiten. So leise wie ein Gespenst versteckte er sich hinter ein paar Amphoren mit Olivenöl, die auf dem Deck standen, und zwar unmittelbar neben einem großen zeltähnlichen Baldachin. Mittlerweile wurde Fischbein von den römischen Soldaten gejagt. Die Jagd dauerte nicht sehr lange. Fischbein schlug Haken, so gut er konnte, aber am Ende prallte er direkt gegen den Bauch des gewaltigen Zenturios, der ihn mit einer seiner Pranken packte und glatt vom Boden hochhob.

»Na, wen haben wir denn da …?«, bellte der Zenturio, während Fischbein um sich kickte wie ein aufgespießter Mistkäfer. »Ein wahrhaft Furcht einflößendes Wikingerchen, das uns ganz allein angreift …?«

»Hahaha!«, röhrten die übrigen dreihundertneunundvierzig Soldaten, die das zum Biegen komisch fanden.

»Das ist alles ein riesiges Missverständnis!«, jammerte Fischbein und begann sich heftig zu kratzen, weil seine Pickel in solchen Stresssituationen immer besonders stark juckten. »Bitte lasst mich los …«

»Wir bringen dich zum Boss, mein kleiner Barbar«, sagte der Zenturio. Er trug Fischbein zum Zelt hinüber, hinter dem sich Hicks versteckt hielt.

Hicks spähte hinter den Amphoren hervor. Vorsichtig schob er den Zeltvorhang ein wenig zur Seite, um besser sehen zu können, was da abging.

Fischbein war inzwischen knallrot angelaufen, zitterte heftig und seine Pickel juckten höllisch. In diesem Zustand brachte man ihn vor die beiden reich gekleideten Männer, die unter dem Zeltdach lagen, nur einen Meter von Hicks' Versteck entfernt.

Der eine Mann war sehr, sehr dick. So dick, dass seine Bauchspeckfalten über die Couch quollen und herunterhingen, wo sie von einem kleinen Sklaven hochgehalten wurden. Der andere Mann war sehr, sehr dünn und trug einen seltsamen Helm mit einem gigantischen Federbusch und einem Visier, das seine Augen bedeckte.

Der fette Römer aß Nanodrachen in Honig von einem Teller, der auf einem kleinen Tisch vor ihm stand. Nanodrachen waren eine besonders winzige Drachenart und kamen so oft vor wie Insekten. Sie hatten ungefähr die Größe von Heuschrecken. Die armen Viecher waren noch lebendig und zappelten herum, konnten aber nicht fliehen, weil der Honig ihre hauchzarten Flügel verklebte. Hicks konnte ihre jammervollen Hilferufe hören, wann immer der Dicke mit seinen wulstigen Fingern nach einem Nanodrachen griff und ihn verschlang.

Der fette Römer war schwer zu verstehen, weil er mit vollem Mund sprach. Gerade hatte er eine große Portion Nanodrachen im Mund.

»Beim Jupiter, Präfekt«, nuschelte der fette Römer gedehnt. »Glaube fast, wir sind von diesem barbarischen Winzling angegriffen worden!«

»Richtig, Präfekt«, antwortete der Dünne Präfekt. »Dieses Exemplar hier kenne ich bereits. Er gehört zu einem der hier ansässigen Stämme, von denen ich dir erzählt habe. Ich mache mir große Sorgen, dass sich diese Stämme wieder einmal UNSEREM TEUFLISCH SCHLAUEN PLAN widersetzen könnten.«

»Oh, äh, ach so, ja, erkläre mir doch noch einmal, was unser teuflisch schlauer Plan war?«, fragte der Dicke Präfekt.

»Erstens: Wir verkleiden uns geschickt als Raufbolde und entführen den Stammeserben der Grausamen Sumpfdiebe …«

»Wunderbar«, spuckte der Dicke Präfekt mit vollem Mund.

»Zweitens: Wir verkleiden uns geschickt als Grausame Sumpfdiebe und entführen den Stammeserben der Räuberischen Raufbolde …«

»Präfekt, du bist wahrhaftig ein Genie!«, würgte der Dicke Präfekt grinsend hervor.

Der Dünne Präfekt

»Drittens: Die Sumpfdiebe und die Raufbolde sind vollauf damit beschäftigt, einander abzuschlachten, und merken deshalb nicht, dass wir jeden einzelnen Drachen in den Inneren Inseln fangen.«

»Bravo!«, brüllte der Dicke Präfekt.

Hicks wäre gern noch ein wenig länger geblieben, um mehr über den teuflisch schlauen Plan zu erfahren, aber im Moment hatte er Wichtigeres zu tun. Er musste Fischbein und sich selbst von der Galeere retten. Glücklicherweise lief Hicks, für den normalerweise schon der Wikingeralltag eine einzige Qual war, ausgerechnet in einer Krise immer zur Höchstform auf. Und das hier durfte man wohl als Krise bezeichnen.

Hicks fasste das Problem kurz und bündig zusammen. Auf der Seite des Feindes: dreihundertfünfzig der besten Soldaten des Römischen Reiches, bewaffnet mit Lanzen, Wurfspeeren, Schwertern, Pfeilen, Schanzwerkzeugen etc., etc., etc. Auf Hicks' Seite: zwei kleine, magere Wikinger und zwei kleine Drachen, von denen einer streikte und der andere im Koma lag.

Ja, das war wohl eine echte Krise.

Hicks erspähte aus dem Augenwinkel einen winzigen Zitteregel, der am Vorhang hing. Er ließ den Blick zum Drachenkäfig wandern. Das ganze Gerede über Ablenkungsmanöver brachte ihn plötzlich auf einen genialen Einfall.

Mit dem Zitteregligen Glimmstängler könnte er viel-

DER TEUFLISCH SCHLAUE PLAN DER RÖMER

I DIE RÖMER VERKLEIDEN SICH SCHLAUERWEISE ALS **RAUFBOLDE** UND KIDNAPPEN DEN ERBEN DER **GRAUSAMEN SUMPFDIEBE** …

II DIE RÖMER VERKLEIDEN SICH SCHLAUERWEISE ALS **SUMPFDIEBE** UND KIDNAPPEN DEN ERBEN DER **RÄUBERISCHEN RAUFBOLDE** …

III DIE **SUMPFDIEBE** UND DIE **RAUFBOLDE** SIND SO SEHR DAMIT BESCHÄFTIGT, EINANDER ZU VERHAUEN, DASS SIE GAR NICHT BEMERKEN, DASS DIE RÖMER **JEDEN EINZELNEN DRACHEN AUF DEN GESAMTEN INNEREN INSELN KLAUEN!!!**

HA, HA, HA, HA, HA
(BÖSARTIGES GELÄCHTER)

leicht die Aufmerksamkeit der Römer ablenken, sich auf Zehenspitzen hinüberschleichen und den Drachenkäfig öffnen. Die Drachen würden förmlich herausquellen und alles und jeden angreifen und in dem ganzen Durcheinander könnte Hicks mit Fischbein das Weite suchen.

Hicks zog ein Taschentuch heraus, wickelte es um seine Hand und packte den Zitteregligen Glimmstängler sehr, sehr vorsichtig am Schwanz.

Wie der Zitteraal versetzt dir auch der Glimmstängler einen wirklich sehr unangenehmen elektrischen Schlag, wenn du ihn an der falschen Stelle anfasst. Am Schwanz ist es in Ordnung, weil der aus einer Art Hornhaut besteht, und Hornhaut leitet den Strom nicht. Aber an jeder anderen Stelle des Zitteregligen Glimmstängler-Körpers würdest du glatt einen Stromschlag erleiden.

Hicks ließ sich auf Hände und Knie nieder und schob die Zeltplane vorsichtig noch ein Stück weiter zurück.

Der Dünne Präfekt und der Dicke Präfekt waren immer noch ins Gespräch vertieft.

Der Dicke Präfekt hatte inzwischen fast alle Nanodrachen-in-Honig verschlungen. Es war nur noch ein Nanodrache auf dem Teller übrig, der verzweifelt versuchte zu entkommen. Niemand achtete auf ihn; die beiden Männer waren zu sehr in ihr Gespräch vertieft.

Hicks kroch vorwärts, schob die Hand hinauf, holte den Nanodrachen vom Teller und ließ ihn in seine Hosentasche rutschen. Wenigstens eines der armen Geschöpfe hatte er gerettet. An seiner Stelle legte er den Glimmstängler auf den Teller, der fast genau dieselbe Größe hatte.

Hicks kroch weiter zum Drachenkäfig hinüber.

Der Dicke Präfekt redete noch immer und griff, ohne hinzusehen, nach einer weiteren Portion Nanodrachen. Seine Schweinefinger wühlten im Honig nach dem letzten saftigen Brocken … und schlossen sich um den Bauch des Glimmstänglers.

Die gesamten zweihundertfünfzig Kilo Fettmasse des Dicken Präfekten hoben fast einen Meter von der Couch ab. Sein Haar sträubte sich und stand ab wie bei einem Igel, Funken sprühten aus seinen Ohren und seine riesigen Schwabbermassen leuchteten in bizarrem blauem Licht auf und bebten und wabbelten und zitterten und schwabbelten so hysterisch wie ein ungeheuer riesiger rosaroter Wackelpudding, in den der Blitz einschlägt. Ein paar Sekunden später platschte der Fettberg wieder auf die Couch zurück. Seine Toga rieselte als Asche zu Boden und seine Fleischberge wabbelten und schwabbelten volle zehn Minuten lang weiter.

Während alle fasziniert den nackten Dicken Präfekt und seine Ein-Mann-Imitation des Nordlichts anstarrten, schob Hicks leise den Holzriegel des Drachenkäfigs zurück.

Im nächsten Augenblick brach auf dem Deck der römischen Galeere die reinste Hölle los. Die gesammelte

Artenvielfalt der Drachen quoll wie ein wütender, kreischender, schnappender und Feuer speiender Strom von Krallen und Klauen und Flügeln und Fängen und Schnäbeln und Schwänzen aus dem Käfig; unzählige Drachen stürzten sich auf die Römer, fackelten das Segel ab und steckten die Aufbauten in Brand und richteten überhaupt eine Menge Sachschaden an.

Der Dünne Präfekt stieg auf die Couch, um eine bessere Sicht auf die Ereignisse zu haben.

»*Hicks!*«, murmelte er vor sich hin. »Wenn das nicht die Untat von Hicks dem Hartnäckigen vom Hauenstein dem Dritten ist, fresse ich einen magenkranken Schwertfisch samt Schwert. Wird aber nicht nötig sein. Oh, dich spüle ich wie einen Wurm aus deinem Versteck, mein kleiner Barbar, du wirst schon sehen. ZENTURIOOOO!«

Der Befehl galt dem römischen Soldaten, der Fischbein noch immer am linken Fußknöchel hielt und ihn mit dem Kopf nach unten baumeln ließ.

»Sei bereit für die Hinrichtung des Gefangenen!«

Der Zenturio riss mit Grandezza das Schwert aus der Scheide und schwang es über seinem Kopf.

»HIIIIIIIIIIIIIICKS!«, brüllte Fischbein voller Todesangst. Das alles war eigentlich in Hicks' Plan nicht vorgesehen gewesen.

»Oooooohnezaaaaahn!«, brüllte Hicks.

Der Glimmstängler

Wikingerdrachen und ihre Merkmale

Er gehört zur Art der Nanodrachen und ist nicht aggressiv, versetzt dir aber einen wahrhaft furchtbaren (allerdings nicht tödlichen) elektrischen Schlag, wenn du ihn berührst. Wie ihre Verwandten, die Glühwürmer, können diese Tiere auch als Lichtquellen benutzt werden, wenn gerade keine Kerze oder Fackel zur Hand ist.

Bewertung nach Punkten 0-10

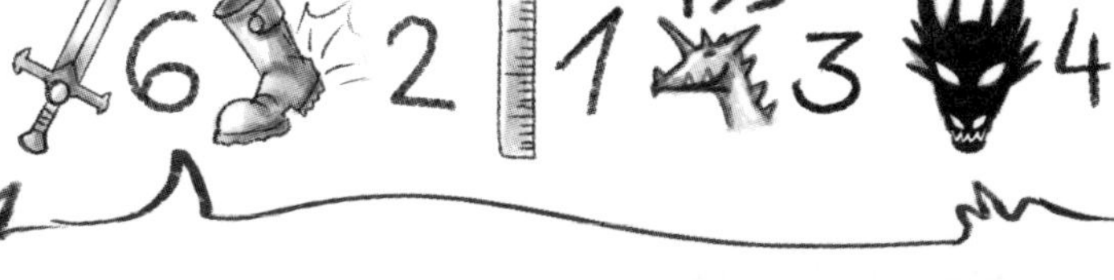

4. OHNEZAHN GREIFT EIN

Ohnezahn hatte die letzten zehn Minuten auf dem Mast vor sich hin gebrummelt. Zuerst ertrank er fast in Selbstmitleid, sodass er gar nicht dazu kam, nachzuschauen, wie es seinem Meister erging. »Niemand mag O-O-Ohnezahn«, murmelte er wehleidig. Aber dann wurde der Lärm von der Römergaleere immer lauter. Die Jungen tauchten nicht mehr auf. Und Ohnezahn begann sich Sorgen zu machen.

Als er schließlich Hicks' HILFESCHREI hörte, erklärte der kleine Drache seinen Streik für beendet.

Er zischte von der Mastspitze weg, schwang sich nach oben in die Luft und flog zum Schiff hinüber. Selbst aus dieser Höhe konnte er mit seinen scharfen Augen sofort erkennen, dass dort unten auf dem Deck ein großer römischer Zenturio den kleinen Fischbein am Bein hochhielt. Und dass der Zenturio im Begriff stand, Fischbein mit dem Schwert einen Kopf kürzer zu machen.

Ohnezahn legte die Flügel eng an den Körper und ging in den Sturzflug über, in den Kamikazestil: So jagte er auch Makrelen oder Heringe. Sein Ziel war jetzt der Kopf des Zenturios, und als er dort ankam, hatte er eine solche Geschwindigkeit erreicht, dass er nur noch wie ein grüner Drachenstrich aussah. Er krachte in den Helm, sodass die Federn des großen Federbusches in alle Richtungen davonstoben, und biss und kratzte mit allen Klauen und Zähnen.

Erschrocken und wütend brüllte der Zenturio auf. Einen Augenblick lang geriet er aus dem Gleichgewicht und taumelte, rappelte sich aber schnell wieder hoch, als er sah, dass er nur von einem *sehr* kleinen Drachen angegriffen wurde. Fischbein baumelte derweil verzweifelt hin und her und versuchte sich loszureißen, aber der Zenturio war ein ziemlich zäher Bursche. Er packte Fischbeins Knöchel noch fester und holte weit mit dem Schwert aus, um Ohnezahn in der Luft in Drachensalamischeiben zu zerlegen. Also griff sich Hicks einen Kriechzahn, der gerade vorbeikam, und schob ihn dem Zenturio unter die Tunika.

Der Zenturio stieß ein bellendes Gebrüll aus und ließ Fischbein fallen.

Oder hättest du an seiner Stelle was anderes gemacht? So ein Kriechzahn in der Unterhose ist nämlich nicht zum Lachen. Der Zenturio hüpfte von einem Bein aufs andere, presste eine Hand auf die Hinterbacke und quietschte wie ein abgestochenes Ferkel, während er mit der anderen Hand versuchte den knabbernden, beißenden, wimmelnden, kratzenden Kriechzahn in seiner Unterhose zu fassen.

»Los, hauen wir ab!«, schrie Hicks schrill und zerrte Fischbein auf die Füße.

Aber er hob noch schnell einen römischen Helm auf,

der auf dem Deck herumkullerte. Schließlich würden sie Grobian so manches zu erklären haben, wenn sie wieder ins Dorf zurückkamen, und der Helm konnte dabei als Beweisstück ganz nützlich sein.

Überall auf dem Deck herrschte das nackte Chaos, während die Drachen die Römer und die Römer die Drachen attackierten, wobei die Römer gleichzeitig noch versuchten die Brände zu löschen, die die Drachen überall legten.

Hicks' und Fischbeins Herzen rasten schneller als die von Kaninchen, als sie zu der Stelle rannten, an der sie an Bord gekommen waren. Das Seil hing noch dort und darunter dümpelte die *Schräger Vogel* an der Leine. Fischbein erreichte das Seil zuerst und kletterte hektisch über die Bordwand. Hicks war nur ein paar Schritte hinter ihm … da packte ihn eine Hand von hinten und entriss ihm seine Tasche.

Hicks' Buch, *Drachensprache leicht gelernt,* fiel auf das Deck.

Hicks blieb stehen, bückte sich, streckte die Hand aus, griff nach dem Buch …

… und starrte direkt in die Augen des Dünnen Präfekten, die triumphierend durch sein Helmvisier glitzerten. Hicks' Herz erstarrte zu Eis. Der Präfekt hielt das Buch an einer Ecke gepackt.

»AHA!«, spuckte der Dünne Präfekt.

Beide zerrten an dem Buch. »Lass los!«, zischte der

DRACHENSPRACHE
LEICHT GELERNT
von
HICKS DEM HARTNÄCKIGEN
vom HAUENSTEIN III.

DRACHENESISCH-WÖRTERBUCH

biddä	bitte
danksse	danke
mjam-mjam	essen
stinki-stunki	Häufchen machen
Wobbli, Poppo	Hintern
Magsnich	Ich mag es nicht
Magsarg	Ich mag es sehr
Spuggse	Spucke
Stinkiwindi, Pupssi, Wobbliblasi	Furz
Hüttihausi	Haus
Kaff	Nest
kotzikotz	sich übergeben
mjam-beiß ti Poppo/Wobbli	dich in den Hintern beißen
mjam-beiß ti Wansti	dich in den Bauch beißen
mjam-beiß ti Kralli	dich in den Finger beißen
Miau-Miau	Katze

DRACHENBADEN LEICHT GEMACHT

Wenn sich ein Drache den ganzen Tag im Schlamm gewälzt hat und sich dann in deinem Bett zum Schlafen zusammenrollt, bleibt dir keine andere Wahl: DU MUSST IHN BADEN. Viel Glück.

Drache: Magnich mi Wobbli waschi. Magnich mi Fressi waschi. Magnich mi Kralli waschi. Mi ti spritzi platschinass. MAGGARNICH.
Ich will nicht baden.

In diesem Fall musst du ganz schlau und PSYCHOLOGISCH vorgehen.

Du: Ne ti in waschiwassa ni-ni-ni!
Du darfst auf keinen Fall ins Badewasser!

Drache (jammert): Magarg spritzi-platschi Waschiwassa.
Aber ich will mit dem Badewasser herumspritzen!

Du: Oke-oke. Aba nu eenmol.
Okay, aber nur ein einziges Mal.

Du: Werr is suffi alli Waschiwassa?
Und wer hat das ganze Badewasser ausgetrunken?

DRACHENESISCH-WÖRTERBUCH

Blötwuffi	Hund
Quietschimbiss	Maus
Stechdingi	Nanodrache
Flopsiohr	Kaninchen
Stinkifiss	Schellfisch
Reeboksburger	Reh
supermjam	köstlich
dopplikotz.	absolut zum Kotzen
Parkarsch, Wobbliplatz	Stuhl
Schnorchibox	Bett
Mjam-Mjam-Platz	Tisch
Warmflammi	Feuer
jodli huhu	heulen
jodli kreisch	einen Schreianfall bekommen
jodli haha	lachen
Schnucksi	Freund
Oppossi	Feind
tobi berserk, tobi knallo	durchdrehen, durchknallen

DRACHEN BEIM ESSEN

Drache: Issis kotzikotz.

Das schmeckt scheußlich.

Drache: Magnich Stinkifiss. Issis kotzi. Issis stinki-stunki. Issis dopplikotz.

Ich mag keinen Schellfisch. Schmeckt scheußlich; schmeckt wie Sch…; ist zum Kotzen.

Du: Oke. Wa wills ti mjam-mjam?

Okay. Was willst du fressen?

Drache: Magarg mjam-mjam Miau-Miau.

Ich will die Katze fressen.

Du (hier darfst du ruhig ein bisschen lauter schimpfen): Ni ti mjam-mjam Wobbliplatz, ni ti mjam-mjam Schnorchibox, NI-NI-NI TI MJAM-MJAM MIAU-MIAU, KAPISKO?!

Du frisst weder den Stuhl noch das Bett UND ERST RECHT NICHT DIE KATZE, VERSTANDEN?!

DRACHENESISCH-WÖRTERBUCH

kotzikissi, würgschmatzi, schnautzknutschi	küssen
wanstipressi	umarmen
krallikratzi	kratzen
gehtgradso	lieben
Zweibeinwobbli, Erdkriech, Flügellahmi	Mensch
abflammi	abfackeln
Rotzischleich	Strandschnecke
Rotzirotz	Rotz

MIT GROSSEN DRACHEN SPRECHEN

Drache: Oooooh supermjam-mjam winzling Erdkriech!

Oh, ein köstlicher kleiner Wikinger zum Fressen!

Du: Ischi-schau supermjam aba säääarrr giftischschsch.

Ich sehe vielleicht köstlich aus, bin aber sehr giftig!

Und wenn das nicht funktioniert:

Du: Wetti-wetti ti ni kanns abflammi de Stechdingi Kaff!

Ich wette, du kannst nicht mal dieses Nanodrachen-Nest abfackeln!

Drache: Ischi kanns, ni problemi.

Kann ich doch, kein Problem.

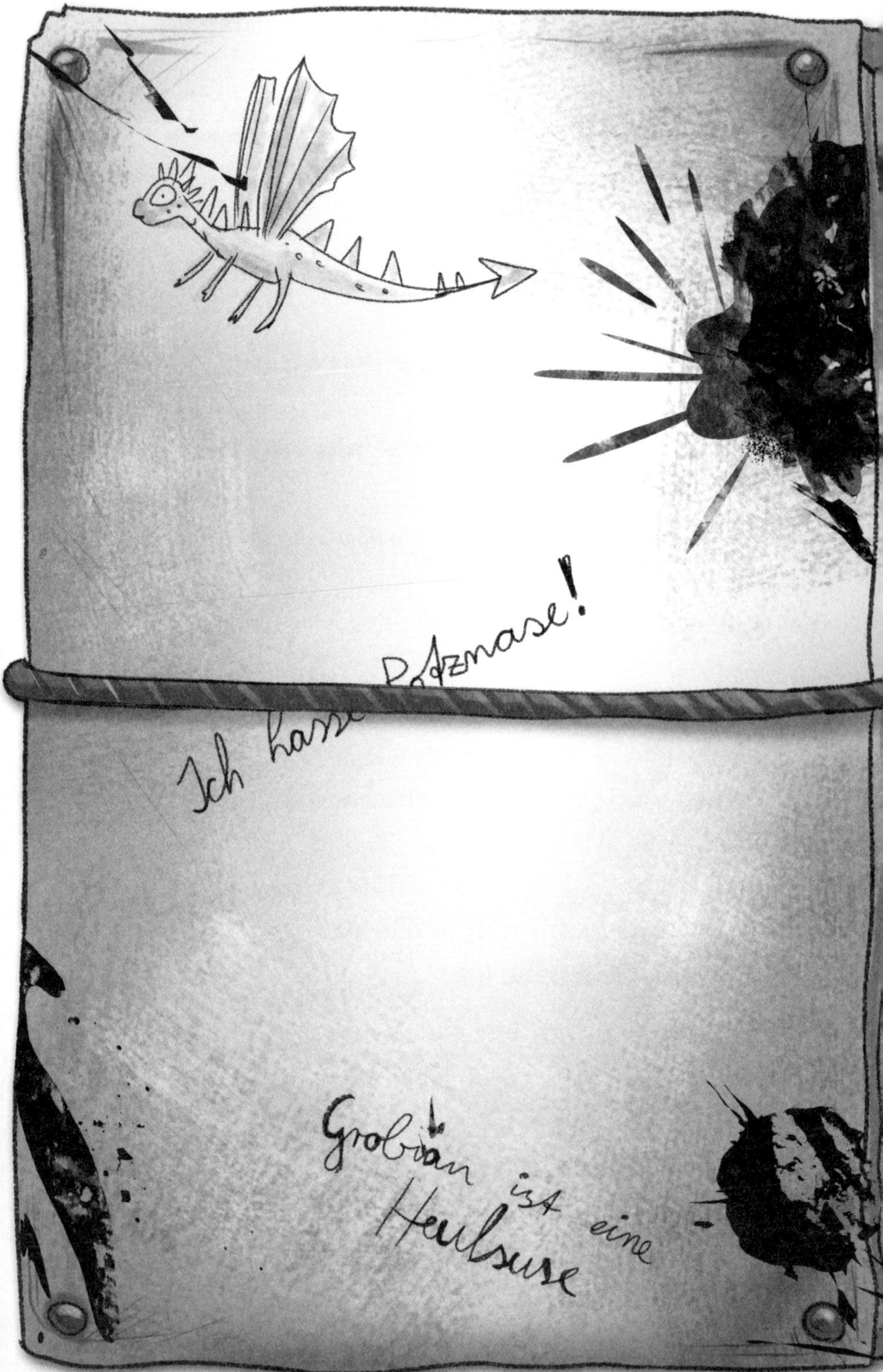
Ich hasse Rotznase!
Grobian ist eine Heulsuse

Dünne Präfekt. »Du hast keine Chance, das weißt du doch. Es gehört jetzt mir …«

Hicks hätte loslassen können. Aber es war schließlich *sein* Buch. Und trotz seines Schreckens kochte in ihm eine wilde Wut hoch, die ihm Kraft gab, bis …

… etwas Scharfes unter der Toga des Dünnen Präfekten hervorschoss und in Hicks' Handrücken biss.

Hicks schrie auf und sprang zurück.

Das Buch zerriss in zwei Teile, und bevor sich der Dünne Präfekt wieder aufgerappelt hatte, um Hicks zu packen, jagte Hicks schon mit zwei riesigen Sätzen zur Bordwand und schwang sich hinüber.

Es blieb ihm keine Zeit, sich ordentlich abzuseilen. Stattdessen packte er einfach nur das Seil und stieß sich von der Galeere ab, schwang weit hinaus, ließ los und krachte ein Stück weiter unten auf das Deck der *Schräger Vogel.*

Fischbein schnitt das Seil durch, mit dem ihr Boot an der Galeere vertäut war, und schon wurde ihr kleines Schiff von der Strömung so schnell mitgerissen, dass es wieder einmal in seine ewigen Kreiselbewegungen versetzt wurde.

»Wo ist Ohnezahn?«

Ohnezahn war aufgehalten worden.

Sein Fuß hatte sich im Kinnriemen des Zenturios verfangen und einen Augenblick lang waren sie aneinandergebunden – wobei Ohnezahn einen ziemlich holprigen Ritt zurücklegte. Denn der Zenturio hüpfte wie ein Tintenfisch mit Saugnapfentzündung herum und versuchte den Kriechzahn aus der Unterhose zu holen.

Schließlich gelang es Ohnezahn, den Kinnriemen mit seinem harten zahnlosen Zahnfleisch durchzukauen, und einen Augenblick später kam Ohnezahn zu Hicks' unendlicher Erleichterung panisch kreischend über die Bordwand der Galeere geschossen und jagte pfeilschnell auf die *Schräger Vogel* zu.

»Thor sei's gedankt!«, rief Hicks froh aus.

Doch im einen Augenblick schoss Ohnezahn durch die Luft daher wie ein Sturmvogel mit Rückenwind und im nächsten Augenblick erschien wie aus dem Nichts ein mit Steinen beschwertes Netz, breitete sich aus, umschloss den kleinen Drachen mitten im Flug und wurde zurückgerissen. Wie von einem Speer getroffen, stürzte er auf das Deck des Römerschiffs.

»Oooohnezaaaahn!«, schrie Hicks.

Oben an der Bordwand erschienen zwei Gestalten. Einer war der Dünne Präfekt, der eine Hälfte des Werkes *Drachensprache leicht gelernt* in der Hand hielt. Der andere war ein römischer Soldat. Er hielt in der einen Hand einen Dreizack, in der anderen ein Netz …

… und in diesem Netz kämpfte und strampelte und biss und zappelte …

… Ohnezahn.

Die *Schräger Vogel* legte die nächste irre Kreiseldrehung zurück und Hicks starrte verzweifelt zu seinem gefangenen Drachen hinauf, bis das Römerschiff vom Nebel verschluckt wurde und Hicks ihn aus den Augen verlor.

5. ZURÜCK AUF BERK

Als die *Schräger Vogel* endlich aufhörte sich um sich selbst zu drehen, hatte sich der Nebel ein wenig gelichtet. Eine halbe Stunde später war er völlig verschwunden und sie konnten meilenweit in alle Richtungen blicken.

Das Römerschiff war nirgends zu sehen.

Das Wasser war wieder eiskalt, also bestand keine Gefahr mehr, dass sie einem Haiwurm über den Weg segeln würden. Sie waren also nicht so weit vom Kurs abgekommen, wie Hicks gedacht hatte, und segelten nun auf die weit entfernt im Norden liegenden Umrisse der Insel Berk zu.

Fischbein übernahm nun das Ruder, weil Hicks zu niedergeschlagen war, um überhaupt etwas zu tun. Hicks starrte verzweifelt auf seine Hälfte des Buches *Drachensprache leicht gelernt*. Die ganze Arbeit, die ganze Zeit, die er für die Beobachtung der Drachen auf dem Kliff der Wilden Drachen geopfert hatte – einfach in zwei Stücke gerissen. Und er wagte gar nicht, daran zu denken, was mit Ohnezahn an Bord des Römerschiffes geschehen mochte.

Ohnezahn hasste alles so sehr, was mit Eingesperrtsein zu tun hatte, dass Hicks nachts die Tür offen lassen musste, wenn sie ins Bett gingen. Und jetzt war er wahrscheinlich in diesem grauenhaften Eisenkäfig gefangen.

Gerade haben wir uns noch gestritten, dachte Hicks voller Elend. *Trotzdem ist er uns zu Hilfe geflogen … und jetzt seh ich ihn womöglich nie wieder …*

Horrorkuh wachte endlich aus ihrem Tiefschlaf auf. »Habt ihr den Helm erobert?«, fragte sie gähnend.

Hicks musste die Frage übersetzen. »Nicht direkt«, antwortete Fischbein grimmig. »Aber das ist eine lange Geschichte.«

Auf ihre seltsame, kreiselnde und zickzackige Weise kam die *Schräger Vogel* der Insel Berk immer näher. Die Insel Berk war schon so lange die Heimatinsel des Raufboldstammes, dass es dem Stamm so vorkam, als hätte er schon immer hier gelebt. Es war eine der kleinsten der bewohnten Inseln im Barbarenarchipel und das vielleicht beste Wort, mit dem man sie beschreiben kann, lautet »nass«. In der Raufboldsprache gibt es achtundzwanzig Wörter für »Regen«. Und die Insel Berk ist so flach, dass sie ziemlich häufig vom Meer bedeckt wird. Selbst an ihrer höchsten Erhebung findet man Delfinknochen und Kammmuschelschalen, die nach Stürmen oder Springfluten zurückgeblieben waren.

Und weil der Regen ständig von oben herabfiel und das Meer ständig von unten heraufkroch, verbrachten die Raufbolde die meiste Zeit ihres Lebens bis zu den Knien im schlickigen Salzwassersumpf.

Als sich das kleine Boot der Insel näherte, blieb der Besatzung keine Zeit mehr, sich zu bemitleiden. Die

Schräger Vogel geriet nämlich in Seenot. Nun war sie ja nie ein sehr seetüchtiges Schiffchen gewesen; außerdem hatte sie zwei schwere Schläge einstecken müssen – erst war sie von Rotznases Boot *Habichtsklaue* gerammt worden und dann war Hicks vom Deck des Römerschiffs auf ihr Deck herabgekracht. Infolgedessen leckte sie jetzt wie ein Sieb und fasste weit schneller Wasser als je zuvor. Obwohl Hicks und Fischbein wie verrückt mit ihren Helmen Wasser schöpften, hielt sie noch genau bis in den Raufboldhafen durch, dann ging sie vollständig unter. Die letzten hundert Meter mussten sie schwimmen, wobei Hicks Fischbein über Wasser halten musste, da Fischbein (für einen Wikinger ziemlich ungewöhnlich) das Hundepaddeln immer noch nicht ganz meisterte.

Und um alles noch schlimmer zu machen, stand Grobian der Rülpser mit verschränkten Armen auf der Kaimauer und beobachtete sie beim Heranschwimmen unter Brauen hindurch, die so düster zusammengezogen waren wie Thors Gewitterwolken. Als die *Schräger Vogel* dann sehr graziös sank, sah es so aus, als würde er jeden Augenblick explodieren.

»Nicht gerade ein erfolgreicher Tag, oder?«, stöhnte Fischbein, als sie sich aus dem Wasser auf die Felsen kämpften. »Aber wenigstens haben wir keine Haiwürmer getroffen …«

»Bin nicht sicher, ob es überhaupt Haiwürmer gegeben hat«, stieß Hicks durch zusammengebissene Zähne hervor. Traurig blickte er auf die drei kleinen Wellenringe und die Luftblasen zurück, die alles waren, was von der *Schräger Vogel* übrig geblieben war. Sie mochte nicht die schönste aller Wikingerjachten gewesen sein, aber für ihn war sie die beste gewesen.

Stolpernd und rutschend, kletterten sie über die von Seetang bedeckten Felsen und näherten sich zögernd Grobian. Endlich standen sie vor ihm, tropfnass und mit gesenkten Köpfen. Fischbein hielt ihm furchtsam den römischen Helm hin.

Grobian fand das gar nicht lustig.

»WAS«, bellte er und deutete wütend auf den römischen Helm, »WAS im Namen Wotans soll das sein?«

»Das ist ein römischer Helm, Kommandant«, gab Fischbein zu. »Wir haben nämlich sozusagen aus Versehen eine römische Galeere geentert ... hatten uns verirrt, versteht Ihr ...«

»Ihr habt euch VERIRRT?«, dröhnte Grobian, der seinen Ohren nicht traute. »Wikinger VERIRREN sich nicht! Und wie konntet ihr eine römische Galeere *versehentlich* entern? Ein römisches Schiff hat keinerlei Ähnlichkeit mit einem friedländischen Fischerboot!«

»Ja, ich weiß, Kommandant«, stotterte Fischbein, »aber wir dachten, versteht Ihr, wir hätten einen dieser Haiwürmer gesehen ...«

»Und WO«, unterbrach ihn Grobian mit gefährlich ruhiger Stimme, »WO ist euer *Boot?*«

»Ah, äh, ja, also«, erklärte Fischbein unglücklich, »das Boot ist sozusagen gesunken, Kommandant.«

»DAS BOOT IST *SOZUSAGEN* GESUNKEN?«, brüllte Grobian. »IHR NENNT EUCH WIKINGER UND VERSENKT *SOZUSAGEN* EUER BOOT AN EINEM VOLLKOMMEN KLAREN TAG HUNDERT METER *VOR EURER EIGENEN INSEL?* WAS FÜR RAUFBOLDE SEID IHR EIGENTLICH? IHR KÖNNT KEINE BOOTE BAUEN, IHR KÖNNT KEINE DRACHEN ZÄHMEN, FISCHBEIN KANN NICHT MAL SCHWIMMEN …«

»Salzwasser reizt meine Pickel«, murmelte Fischbein.

»IHR SOLLT *SEERÄUBER* SEIN!«, heulte Grobian auf. »IN WIRKLICHKEIT SEID IHR DIE NUTZLOSESTEN, ELENDESTEN, *ARMSELIGSTEN* HAUFEN VON KAULQUAPPENSCHEISSE, DIE ICH IN MEINEM *GANZEN LEBEN* GESEHEN HABE! ICH BIN SPRACHLOS ...«

Trotz seiner Sprachlosigkeit brüllte Grobian die Jungen volle zehn Minuten lang an und machte ihnen unmissverständlich und unüberhörbar klar, dass sie eine Schande für ihren Stamm seien und überhaupt die miserabelsten Seeräuberrekruten, die er je das Unglück gehabt habe, ausbilden zu müssen. Zum Schluss verdonnerte er sie dazu, drei Wochen lang nur Napfschnecken essen zu dürfen, und erklärte, wenn noch einmal etwas Derartiges passiere, würde er sie hochkant aus dem Ausbildungsprogramm werfen.

Und zu Hause lief es auch nicht viel besser.

Beim Abendessen erklärte Hicks seinem Vater die unglückliche Sache mit der versehentlich geenterten römischen Galeere und der Entführung von Ohnezahn und wie der Präfekt die Hälfte von *Drachensprache leicht gelernt* behalten habe und dass Haudrauf der Stoische sofort ein Sonderkommando oder eine Schnelle Eingreiftruppe losschicken müsse, um Ohnezahn und das Buch zu retten. Hicks zeigte seinem Vater anschließend die traurigen Reste von *Drachensprache leicht gelernt* und den römischen Helm, um ihm zu beweisen, dass die Geschichte nicht gelogen war.

»Mmmmmmh«, machte Haudrauf nachdenklich. Er war ein richtiger Riese von einem Mann und sein rotes, wild wucherndes Barthaar und der tonnenförmige Bauch hätten voll ausgereicht, um zwei recht ordentlich proportionierte Wikingerhäuptlinge auszustatten, mindestens. Haudrauf der Stoische hörte eigentlich nicht richtig zu, weil er gerade Hicks' Seeräuberausbildungszeugnis las, und das war so ziemlich das schlechteste Zeugnis, das er je zu sehen bekommen hatte. *Bei Thors Daumennagel,* dachte er, *wie kann jemand eine glatte Fünf in Unverschämtes Benehmen für Fortgeschrittene bekommen?* Und überhaupt keine Note in Rülpsen für Anfänger und in Theorie und Praxis des Hammerwurfs – das waren sogar Haudraufs LIEBLINGSFÄCHER gewesen, als ER ein Junge war.

Haudrauf gab sich Mühe, sich von seinem Sohn nicht enttäuscht zu fühlen. Er hielt sich immer wieder vor, dass Hicks einfach nur ein Spätentwickler sei und dass ihm bald Muskeln und Nasenhaar sprießen würden und dass er ein Siegestor nach dem anderen bei den Bummsball-Turnieren schießen würde. Aber was *machte* er eigentlich, dass er solche Zeugnisse bekam? Zeugnisse, in denen es dann zum Beispiel hieß: »Hicks ist der schlechteste Seemann, den ich in über zwanzig Jahren unterrichten musste«? Wie schaffte er es, bei einer ganz normalen, einfachen Übungsfahrt seinen Drachen *und* sein Boot zu verlieren? Und *wieso* konnte er sich verir-

PIRATENAUSBILDUNGSPROGRAMM DER INSEL BERK

HALBJAHRESZEUGNIS

WAHLSPRUCH: WER AM HÄRTESTEN DRAUFHAUT, LEBT AM LÄNGSTEN.

NAME DES SCHÜLERS: *Hicks d. H. v. H. III.*

FACH	LEHRERBERICHT	PUNKTE (HÖCHSTENS 10)
RÜLPSEN (ANFÄNGERKURS)	HICKS BRINGT NICHT GENUG WIND HOCH, UM IN DIESEM FACH GUT ABZUSCHNEIDEN	0 GROBIAN
FREMDE ERSCHRECKEN	MUSS AUFHÖREN IN EINWANDFREIEM FRANZÖSISCH ZU QUATSCHEN UND MUSS SEINE BRÜLLLAUTSTÄRKE VERBESSERN …	1 GROBIAN
UNVERSCHÄMTES BENEHMEN	*!+?¿„?*!	MINUS 5 GROBIAN
HAMMERWURF	HICKS KÖNNTE VIELLEICHT BESSER WERDEN, WENN ER ERST MAL DEN HAMMER HOCHHEBEN KÖNNTE	0 RITA DIE RAUHAARIGE
SCHWERTKAMPF	SCHNELLE REAKTION UND HERVORRAGENDE, FLINKE FUßARBEIT. BIN ECHT BEEINDRUCKT. NUR SEINE AGGRESSIVITÄT LÄSST ZU WÜNSCHEN ÜBRIG.	9 PLANLOS DER GRIMMIGE
SCHIFFBAU	ICH HABE GROSSE ZWEIFEL, DASS DIE „SCHRÄGER VOGEL" NICHT ABSÄUFT.	0 GROBIAN
FEINDLICHES SCHIFF	HICKS IST DER MISERABELSTE SEEMANN, DEN ICH IN 20 JAHREN UNTERRICHTEN MUSSTE.	HA! HA! HA! GROBIAN
BUMMSBALL	HICKS LIEGT BEI DEN BUMMSBALLSPIELEN MEISTENS IM DRECK UND DIE GEGNER HOCKEN AUF IHM.	1 GROBIAN

ren und versehentlich eine römische Galeere statt eines friedländischen Fischerboots entern?

Wikinger verirren sich nicht.

Haudrauf öffnete den Mund, um seinen Sohn anzubrüllen. Und machte ihn wieder zu.

Hicks blickte zu ihm auf, klein, mager, sommersprossig, in jeder Hinsicht völlig unzureichend. Kein Zweifel, der Junge stand wegen dieser lächerlich winzigen Imitation von einem Drachen Höllenängste aus. Haudrauf brachte es nicht mehr übers Herz, richtig wütend zu sein. Er zerknüllte das Zeugnis in seiner gigantischen Faust. »Sohn«, sagte er sanft und ernst, »tut mir leid, die Sache mit Ohnescham ...«

»Ohnezahn!«, unterbrach ihn Hicks verärgert. »Er heißt Ohnezahn!«

»Also gut, Ohnezahn«, verbesserte sich Haudrauf. »Aber ich muss dir mal etwas *sehr Wichtiges* erklären.« Haudrauf legte Hicks seine Hände auf die Schultern und schaute ihm ernst in die Augen. »Du«, erklärte er feierlich, »bist der Sohn des Häuptlings. Du hast dein Schoßtierchen verloren, aber du musst tapfer sein. Du musst dich wie ein MANN benehmen. Es gibt noch andere Drachen ...«

»Keiner ist wie Ohnezahn!«, widersprach Hicks unglücklich. »Dieser Drache hat mir vertraut und ich hab ihn im Stich gelassen!«

»Ruhe!«, sagte Haudrauf streng. »Was fühlt ein Häuptling, Sohn?«

»Ein Häuptling fühlt keinen Schmerz«, antwortete Hicks gehorsam. »Aber, Vater …«

Doch Haudrauf hatte sich erst warmgelaufen, jetzt kam er in Fahrt. »Ein Häuptling fühlt keinen Schmerz. Ein Häuptling kennt keine Furcht. Ein Häuptling muss über schwachen, persönlichen Gefühlen stehen. Es kommt gar nicht infrage, dass wir einen Rettungstrupp losschicken, nur um deinen Winzigdrachen zu retten. Für unsere Krieger wäre das reine Zeitverschwendung. Die Römer haben jetzt wahrscheinlich schon den halben Weg nach Rom hinter sich und Ohneharm längst zu einer Handtasche verarbeitet …«

»Ohnezahn!«, verbesserte ihn Hicks noch einmal. »Und das wollte ich dir noch sagen, Vater: Ich hab mit angehört, was sie miteinander redeten. Ich glaube, die Römer sind nicht nur auf dem Durchmarsch.«

»Reden?«, donnerte Haudrauf und zog die Augenbrauen zusammen. »Was meinst du mit REDEN? Wieso kannst du die Römer verstehen?«

»Ach«, gestand Hicks, »Alt Faltl hat mir ein wenig Latein beigebracht, verstehst du …«

»Latein? LATEIN?«, explodierte Haudrauf. Er schmetterte die Faust so kräftig auf den Tisch, dass die Austern, die er gerade verzehrte, mehrere Purzelbäume in der Luft vollführten. »Mein Sohn – *mein eigener* Sohn spricht LATEIN!«

Mühsam brachte er sich wieder unter Kontrolle. »Raufbolde sprechen nicht, ich wiederhole, SPRECHEN NICHT Latein! Was lernt ihr eigentlich im Fremde-erschrecken-Unterricht? Wenn ein Raufbold einen Fremden trifft, dann brüllt er ihn langsam und laut an. Das ist die einzige Sprache, die ein Fremder versteht. Raufbolde sprechen auch nicht mit Drachen. Und sie schreiben keine Bücher über sie. Du verbringst viel zu viel Zeit damit, alles über Drachen in dein Buch zu kritzeln, und nicht genug Zeit damit, zu lernen, ein Häuptling zu werden.« Haudrauf entriss Hicks die Hälfte von *Drachensprache leicht gelernt* und warf sie ins Feuer. Hicks schrie auf. Das Buch enthielt alles, was er jemals über Drachen herausgefunden hatte. Wie sollte er sich ohne das Buch mit Drachen unterhalten?

Haudrauf stampfte aus dem Zimmer.

Kaum war er außer Sichtweite, als Hicks auch schon das Buch aus den Flammen riss und sich dabei die Finger verbrannte. Glücklicherweise war es noch ziemlich feucht, sodass nur die Ränder leicht angekokelt waren.

In dieser Nacht musste Hicks zum ersten Mal seit langer, langer Zeit ohne die Gesellschaft von Ohnezahn zu Bett gehen. Der kleine Drache war eine kleine, zappelige, schnarchende Wärmeflasche. Jetzt lag Hicks bis zum Morgengrauen wach, zitterte wie verrückt unter der dünnen Bettdecke, mit Füßen und Händen, so kalt wie der Nordpol, und sogar seine Ohren zitterten in dem eiskalten Durchzug. Und als er dann schließlich in einen fiebrigen, unruhigen Schlaf fiel, schienen alle Nachtdrachen und Wölfe der Welt zusammen zu heulen: »Du hast Ohnezahn verloren! Für immer verloren! Ooohnezahn! Verloooren! Fürimmerundimmerundimmerundimmer«, immer und immer und immer wieder.

6. NACHTS IM FINSTEREN RÖMERFORT FINSTERICUM

Weit, weit entfernt von Berk, im finsteren Römerfort Finstericum, gab es einen Kerker, so tief unterm Meeresspiegel, dass kein Tageslicht hinabdrang; ein Verlies, so verlassen und verloren, dass wahrscheinlich sogar die Götter vergessen hatten, dass es diesen Kerker überhaupt gab.

Ohnezahn, der sich vor Dunkelheit und engen Räumen fürchtete, lag in totaler Finsternis in einem Käfig, der so eng war, dass er sich kaum umdrehen konnte.

Er weinte.

»Hi-Hi-Hilfe«, wimmerte der arme Ohnezahn mit einem so schwachen und dünnen Stimmchen, dass man es nirgendwo hören konnte – was ihm selbst auch völlig klar war. »Hi-Hi-Hilfe.«

7. DER NANODRACHE

Hicks wachte sehr früh auf. Er hatte gerade einen wunderbaren Traum geträumt – in dem er mit Ohnezahn das Kitzelspiel spielte – und wachte lachend auf. Einen Augenblick lang schien alles in Ordnung. Er hatte völlig vergessen, dass Ohnezahn nicht mehr da war, und tastete auf seine Bettseite, nur um die kalte, feuchte Mulde zu fühlen, in der Ohnezahn normalerweise hätte liegen sollen. Sofort fühlte er sich wieder elend. Mit klappernden Zähnen lag er unter der Bettdecke und versuchte, die Willenskraft aufzubringen, sich der Kälte zu stellen und sich die immer noch leicht feuchten und salzigen Kleider anzuziehen, die er gestern getragen hatte.

Allmählich wurde ihm bewusst, dass ihn etwas aufgeweckt hatte: eine sehr leise und schwache Singstimme, ein Geräusch wie der Wind in einer Kaurimuschel, aber mit einem ziemlich bösartigen und drohenden Unterton. Und das Lied klang ungefähr so:

LIED DES NANODRACHEN
(während er den Honig abschleckt)

Oh Menschenfettwanst, wolltest mich fressen,
du wabbelkotziger Schleimbergmensch.
Konnt dich nicht töten heut,

DOCH HÄTT ES MICH GAR SEHR GEFREUT!
DU WIRST ES NOCH BEREUN, KOTZBROCKEN,
DU WIRST ES BEREUEN IM DUNKEL DER NACHT,
WENN ICH ALL MEINE FREUNDE ZU DIR GEBRACHT.
SIE WERDEN DICH STECHEN UND PIKSEN UND SAUGEN,
BIS DIR AUS DEM SCHÄDEL POPPEN DIE AUGEN.
DEIN FETT WIRD FÜLLEN IHREN KROPF,
DU DICKER ARSCH, DU BAUCH MIT KOPF.
OH, WIR WERDEN DICH FRESSEN … DICH FRESSEN …
DICH FRESSEN …

OH RANZIGER KLUMPEN, DU WOLLTEST MICH FRESSEN,
DU HÄSSLICH GEPLATZTER QUALLENSCHLEIM.
KONNT DICH NICHT TÖTEN HEUT,
DOCH HÄTT ES MICH GAR SEHR GEFREUT!
DOCH ICH KANN WARTEN, FETTWANST, KANN WARTEN,
ICH WARTE VERSTECKT IM DUNKEL DER NACHT,
BIS ICH ALL MEINE FREUNDE ZU DIR GEBRACHT.
SIE WERDEN KRABBELN UND BEISSEN UND QUÄLEN DICH ARG,
BIS DEIN FAULIGER FLEISCHBERG QUILLT AUS DEM SARG.
DORT WIRST DU LIEGEN, VERWESEND, MIT SCHIMMEL,
WIR WERDEN DICH FRESSEN BIS AUF DEN PIMMEL!
OH – WIR WERDEN DICH FRESSEN … DICH FRESSEN …
DICH FRESSEN …

Woher bloß kam der Gesang?

Schließlich wurde Hicks klar, dass der Gesang aus seiner

Jacke kommen musste, die er gestern getragen und zum Trocknen über eine Stuhllehne gehängt und vor das Feuer gestellt hatte.

Und dann fiel ihm der Nanodrache ein, den er gegen den Glimmstängler ausgetauscht und in seine Jackentasche gesteckt hatte.

Hicks wappnete sich innerlich gegen die Kälte, sprang aus dem Bett und zog hastig seine Kleider an. Dann näherte er sich der Jacke. Vorsichtig schob er die Hand in die Tasche, zog das Tier heraus und schrie kurz auf: Die Tasche war innen vom Honig ganz eklig-klebrig und der Nanodrache hatte ihm in die Fingerspitze gebissen. Während Hicks den Finger in den Mund steckte (das solltest du bei einem Nanodrachenbiss immer tun, denn es hilft gegen den stechenden Schmerz), flog der Nanodrache aus seiner Hand, flatterte im Zimmer umher und landete auf dem Fenstersims.

Der Nanodrache hatte die ganze Nacht geschuftet, um den Honig von seinem Körper und seinen Flügeln zu lecken. Er war ein hübsches kleines Biest. Nicht größer als ein Grashüpfer, aber von rostroter Farbe mit kleinen pechschwarzen Flecken. Jetzt schien zudem die Morgensonne durch seine hauchzarten Flügel und warf hübsche rote und schwarze Flecken überall auf die Wand.

Das kleine Tier schien sich für sehr wichtig zu halten und benahm sich auch ausgesprochen arrogant, weswegen Hicks sehr höflich auf Drachenesisch fragte: »Wer bist du?«

»Ich«, quiekte das winzige Tier großspurig, »bin der Mittelpunkt des Universums.«

Hicks betrachtete höchst aufmerksam den Mittelpunkt des Universums, der als sehr kleines Wesen vor ihm hockte. »Du? Tatsächlich?«, sagte er, wiederum sehr höflich, aber mit gewissem Zweifel in der Stimme. »Du meinst, du bist Thor oder Wotan inkognito?«

»Thor! Wotan!«, schnaubte das Geschöpf verächtlich. »Ammenmärchen! Nein - ich bin Zickarastika der Lebende Gott.«

Hicks guckte verständnislos.

»Der Höchst Ehrwürdige und Erzmächtigste Allesbeherrscher des Nanoweltreiches. Despot der Nördlichen Graslande. Schrecken aller Brackwasserbewohner. Klingelt nicht endlich ein Glöckchen in deinem Mückenhirn?«

»Nö«, sagte Hicks. »Tut mir leid, nichts klingelt. Ich habe noch nie von dir gehört.«

»Was soll man da noch sagen ... ihr Menschen ...!«, Zickarastika schäumte vor Wut. »Nicht nur hässlich, sondern auch noch unwissend.«

»Ich bin nicht hässlich«, protestierte Hicks, »es ist sehr unhöflich, so was zu behaupten.«

Aber Zickarastika hörte gar nicht auf ihn. »Ihr seid so mit eurer eigenen Welt beschäftigt, dass ihr nie den

Blick auf den Boden richtet und mal anschaut, was in der Wirklichen Welt vor sich geht! Du, Junge-mit-einem-Gesicht-wie-ein-stinkiger-Hering, hattest das ungeheure Glück, die unsagbare Ehre, dem Mächtigsten Wesen der ganzen Galaxie das Leben zu retten!«

»Wenn du das Mächtigste Wesen der ganzen Galaxie bist«, sagte Hicks, »warum hast du dann nicht dein Nanodrachenheer gerufen, damit es dich vor dem großen Fetten Römer rettet?«

»Selbst ein Lebender Gott hat gewisse Schwächen«, erklärte Zickarastika großspurig, »und meine ist zufällig Honig. Ich bin süchtig nach dem Zeug. Und Rufen ging nicht – der Hilferuf der Nanodrachen

wird durch Aneinanderreiben der Hinterfüße erzeugt, und der Honig verklebte mir die Beine und dämpfte den Lärm ... Aber er schmeckt eben köstlich ... Doch um zum Thema zurückzukommen: Da du mein Leben gerettet hast, bin ich nach Treu und Ehr verpflichtet, dir dein widerliches Leben zu retten, so riesig und stinkig und flügellos du auch sein magst ...«

»Danke vielmals«, murmelte Hicks.

»... und trotz deiner hässlichen Nase«, fügte das Geschöpf hinzu, »und deiner ekelhaften braunen Flecken ...«

»Das sind Sommersprossen«, warf Hicks beleidigt ein.

»Egal, wie sie heißen, sie sind NICHT NETT«, erklärte Zickarastika. »Sie beleidigen mein göttliches Auge. Aber der Lebende Gott vergisst niemals, wem er etwas schuldet. Wenn du in Lebensgefahr gerätst, brauchst du nur den Namen Zickarastika zu rufen, und ich eile dir zu Hilfe ...«

Und was um alles in der Welt könnte so ein Winzling wie DU schon tun?, dachte Hicks, war aber nicht so unhöflich, seine Zweifel laut zu äußern. »Und wie kannst du mich hören?«, fragte er stattdessen.

Der Nanodrache überging die Frage großmütig.

»Sag einfach den Namen Zickarastika und ich, der Gott, werde kommen. Aber sei gewarnt ... Du kannst MEINE HÖCHST RUHMREICHE HILFE nur einmal, ein einziges Mal anrufen. Wenn ich meine Schuld getilgt habe, wirst du für mich wieder nichts weiter sein als ein riesiger und abstoßender und flügelloser Mensch. Also überlege es dir gut, du Junge-mit-widerlichen-Flecken-auf-der-hässlichen-Nase, überlege es dir gut, wenn du mich rufst ...«

Und mit dieser Warnung schüttelte das unhöfliche kleine Wesen noch einmal die seidigen Flügel und schwirrte durch das Fenster davon.

Hicks war sich nicht ganz sicher, was er von diesem Gespräch halten sollte. Es kam ihm ziemlich unwahrscheinlich vor, dass ein so kleines Geschöpf wie Zickarastika so mächtig sein könnte, wie es selbst offenbar glaubte. *Aber andererseits brauche ich wohl alle Hilfe, die ich kriegen kann,* dachte er düster.

Beim Frühstück fühlte sich Hicks elender als jemals

zuvor in seinem Leben. Er brachte keinen einzigen Bissen hinunter. Er saß nur einfach da und schob seinen Salzhering lustlos auf dem Teller herum. Sein Großvater Alt Faltl fragte ihn, was ihm fehle, aber Hicks seufzte nur tief.

»Was fühlt ein Häuptling, Sohn?«, fragte Haudrauf der Stoische, als er sah, wie niedergeschlagen sein Sohn war.

»Ein Häuptling kennt keinen Schmerz, Vater«, antwortete Hicks düster.

Mitten im Frühstück flog ein Briefdrache durch das Fenster herein, ließ einen an Haudrauf adressierten Brief in die Milchschale auf dem Tisch fallen und flog wieder hinaus.

Der Brief kam von Berta der Prallbusigen, dem Häuptling der Grausamen Sumpfdiebe. Die Raufbolde lagen schon seit Langem mit den Sumpfdieben in Fehde. Der Streit hatte vor vielen, vielen Jahren begonnen, weil die Sumpfdiebe den Schild von Hicks' Ur-Urgroßvater Grimmbart dem Abscheulichen geklaut hatten.

Hicks las den Brief über Haudraufs Schulter mit. »Sehr verächtliche Grüße, oh fetter Dieb«, hieß es da. »Wie ich sehe, hast du geruht, den Waffenstillstand zu zerbrechen, den wir vor vielen Jahren schlossen, und den Krieg wieder eröffnet … Wie kannst du es wagen, den Erben und ganzen Stolz des Stammes der Sumpfdiebe zu verschleppen? Du bist ein Dieb und ich gebe dir genau zwei Wochen Zeit, unseren Erben in einem Stück wieder bei uns abzuliefern … Sonst werde ich dir die Blutfehde erklären und wir werden in voller Truppenstärke über Berk herfallen und deiner gesamten lausigen Bande auf die Köpfe kloppen und euch ausrotten … dürfte uns kinderleicht fallen … Ihr Raufbolde habt schon immer gekämpft wie eine Herde flügellahmer Fettenten … Mit höchst unfreundlicher Verachtung, Berta die Prallbusige, Häuptling der Sumpfdiebe.«

Während er sehr langsam den Brief entzifferte, war Haudraufs Gesicht immer röter angelaufen. Und als er endlich das Ende erreichte, zerriss er den Brief unter lautem Gebrüll in tausend Fetzen und trampelte wie rasend darauf herum.

Er schnappte regelrecht über.

Haudrauf war häufig gereizt, oft brüllte er herum, oft ging er mit dem Kopf durch die Wand. Aber dieses Mal verlor er endgültig die Beherrschung.

Und wenn ein Raufbold die Beherrschung verliert, dann verliert er sie aber WIRKLICH. Ein wirklich wütender Raufbold brüllt so laut, dass normales Brüllen wie ein Wiegenlied für ein Baby klingt.

»ICH ERKLÄRE DIE BLUTSFEHDE!«, brüllte also Haudrauf der Stoische.

»Oh, *nein.*« Hicks verdrehte die Augen zum Himmel. »Ich kann's nicht glauben … das hat uns gerade noch gefehlt! Warte doch mal, Vater, wir müssen jetzt Ruhe bewahren. Ich glaube nämlich nicht, dass das hier von

Verlauf der Blutsfehden

Wikinger haben sich schon immer gern verprügelt. Und sie führen ständig Blutsfehden gegeneinander. Hier findest du eine Übersicht, wie sie miteinander umgehen und aus welchen Gründen sie ihre Blutsfehden führen. Die Übersicht hat viel Arbeit gemacht, also lies sie gefälligst genau durch und jammere nicht, wenn du nicht alles kapierst.

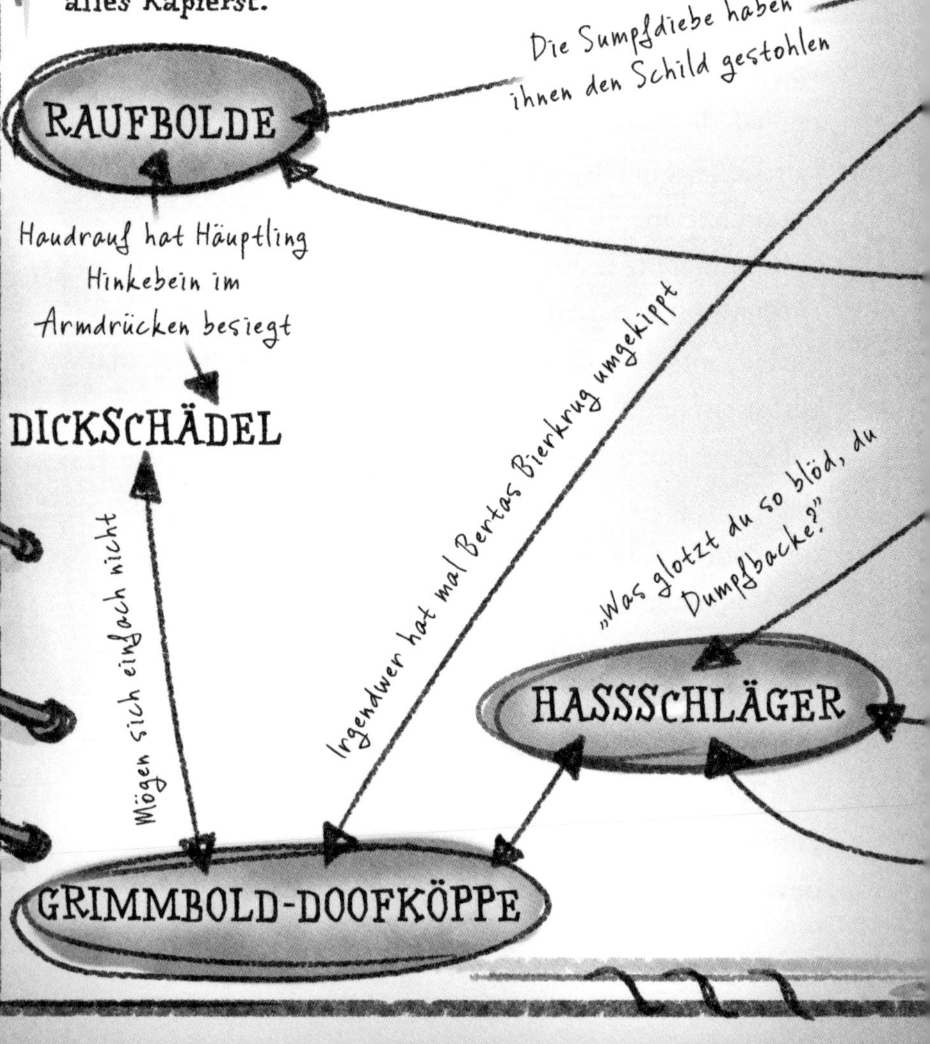

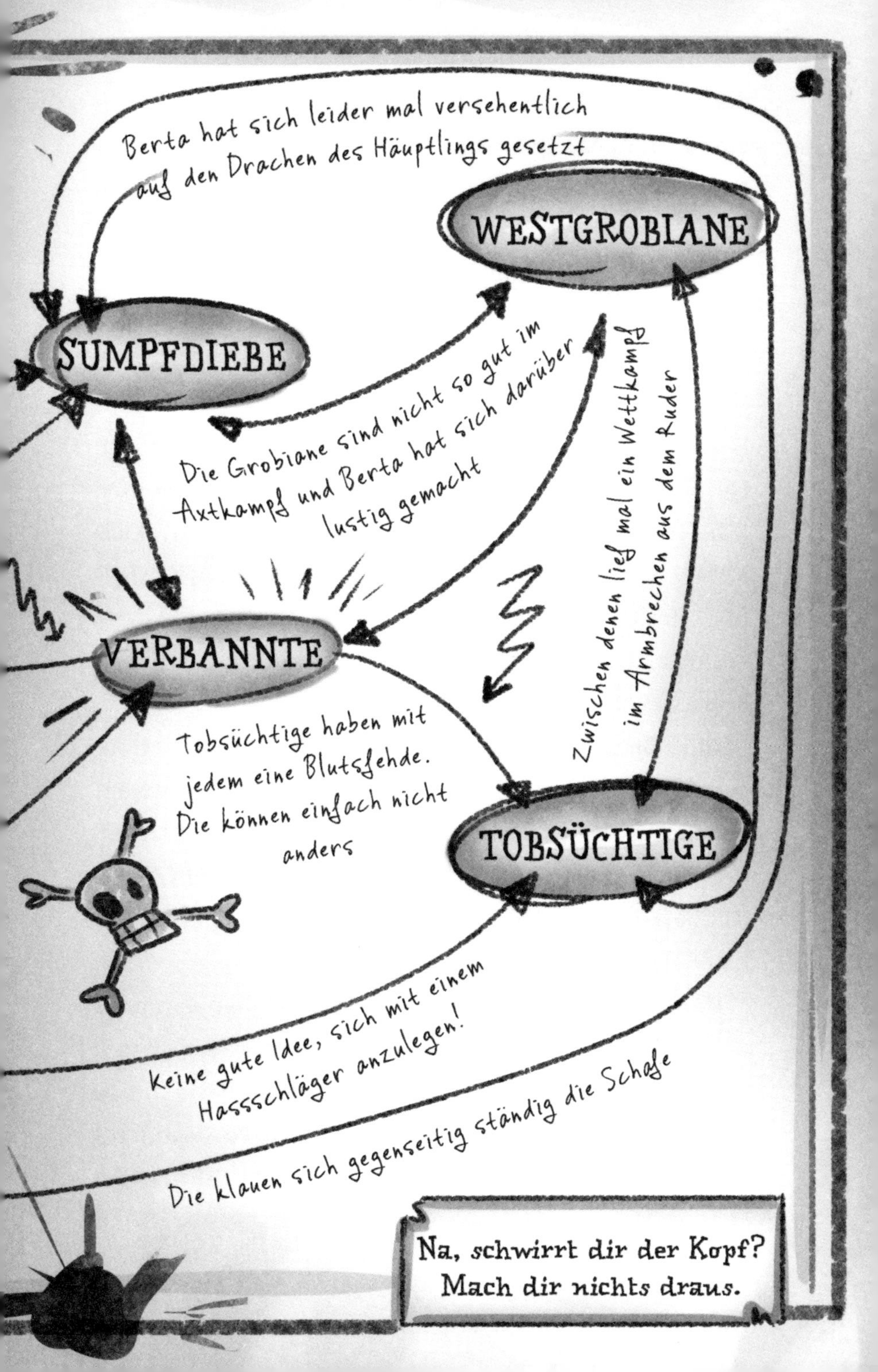
Berta hat sich leider mal versehentlich auf den Drachen des Häuptlings gesetzt
WESTGROBIANE
SUMPFDIEBE
Die Grobiane sind nicht so gut im Axtkampf und Berta hat sich darüber lustig gemacht
Zwischen denen ließ mal ein Wettkampf im Armbrechen aus dem Ruder
VERBANNTE
Tobsüchtige haben mit jedem eine Blutsfehde. Die können einfach nicht anders
TOBSÜCHTIGE
Keine gute Idee, sich mit einem Hassschläger anzulegen!
Die klauen sich gegenseitig ständig die Schafe
Na, schwirrt dir der Kopf? Mach dir nichts draus.

den Sumpfdieben kommt. Wir haben doch ihren Erben gar nicht, oder? Also muss ihn JEMAND ANDERS entführt haben. Ich habe nämlich gehört, wie die Römer gesagt haben, dass sie sich als Sumpfdiebe verkleiden würden. Sie wollen uns gegeneinander aufhetzen.«

»HALTE DICH DA RAUS, HICKS!«, tobte Haudrauf der Stoische. »DAS IST POLITIK UND *DAS* IST NUR WAS FÜR KLUGE ERWACHSENE! MAN BRINGE MIR MEIN SCHWERT! MAN BLASE DIE KRIEGSHÖRNER UND RÜHRE DIE TROMMELN! VON JETZT AN WIRD JEDER MANN, JEDE FRAU, JEDES KIND BIS ZUM UMFALLEN SCHWERT-KAMPF ÜBEN, UND ZWAR ZWEI WOCHEN LANG, TAG UND NACHT!«

»Aber Vater«, protestierte Hicks, »bitte benutze deinen Kopf ...«

»ICH BENUTZE MEINEN KOPF!«, donnerte Haudrauf der Stoische, der vor lauter Wut den Kopf unentwegt gegen die Wand schlug. »WENN DIESE SUMPFDIEBE DIE RAUFBOLDGEWÄSSER AUCH NUR MIT EINER EINZIGEN IHRER SCHWEISSIGEN *ZEHEN* VERPESTEN, WERDEN SIE ES BITTER BEREUEN, BEI THOR!«

Hicks spürte allmählich, dass auch er immer wütender wurde. Es kam nicht oft vor, dass er sich gegen seinen Vater stellte, aber die Sache mit Ohnezahn hatte ihn so verstört, dass er jetzt aufstand und sich vor Haudrauf dem Stoischen aufbaute, die Hände in die Hüften gestemmt.

»Warum GLAUBST DU MIR NIE?«, brüllte er wütend. »Ich hab dir doch gesagt und gesagt und gesagt, dass die RÖMER bei dieser Sache ihre Pfoten im Spiel haben! Ich habe dir sogar einen römischen Helm mitgebracht, um es zu beweisen!«

Hicks deutete auf den römischen Helm, der auf einem Stuhl in einer Ecke stand. »Wir KÖNNTEN doch einen Einsatztrupp losschicken und die Römer stellen und auch Ohnezahn retten ... aber nein, du bleibst lieber hier und verkloppst die Sumpfdiebe, statt deinem EIGENEN SOHN zu glauben ...«

Einen kurzen Augenblick schien es, als seien Hicks' Worte tatsächlich bis zu der winzigen Ecke in Haudraufs Gehirn vorgedrungen, in der seine Vernunft total verängstigt kauerte. Haudraufs Nüstern sackten wieder zusammen und er hörte auf, wie ein gereizter Bulle mit dem Fuß zu scharren.

Er schaute den römischen Helm an. Vielleicht, aber nur vielleicht, hatte Hicks recht ...

Aber dann fiel sein Blick wieder auf den zerfetzten Brief von Berta der Prallbusigen und seine Wut flammte neu auf.

»NUR EIN TOTER SUMPFDIEB IST EIN GUTER SUMPFDIEB!«, brüllte Haudrauf der Stoische aus voller Lunge und stampfte aus dem Raum.

»Mach deinem Vater nicht zu viele Vorwürfe, Hicks, ja?«, sagte Alt Faltl traurig. »Er meint es ja nur gut, aber wenn die Dinge ein wenig kompliziert werden, ist er halt immer ein bisschen verwirrt. Übrigens – kommst du nicht zu spät zum Fremde-erschrecken-Unterricht?«

»Großer Thor!«, rief Hicks entsetzt. »Bin schon viel zu spät dran …«

8. DER FREMDE-ERSCHRECKEN-UNTERRICHT

Es war ein wunderbarer Tag mit einer ganz leichten Brise, aber Hicks hatte keine Zeit, sich darüber zu freuen. Er rannte, so schnell er nur konnte, zur Großen Halle, wo die Doppelstunde in Fremde-Erschrecken stattfand. Grobian war noch nicht da, also veranstalteten die jungen Barbaren ein gigantisches Getöse. Spitzmesser und Taubnuss Junior verprügelten sich in einer Ecke mit ihren Schwertern. Die Drachen der Jungen lagen vor dem riesigen Feuer, fauchten sich an und schnappten gereizt um sich. Rotznase und Stinker der Dussel saßen auf Fischbein, während Feuerwurm mit Flammen aus ihren aristokratischen Nüstern Fischbeins Schulbuchstapel abfackelte.

»Warum sucht ihr euch nicht jemand von eurer Größe aus, ihr hirnamputierten Schweinsblasen?«, fuhr Hicks die beiden Schlägertypen an und erstickte das Feuer an Fischbeins Bücherstapel mit seiner Jacke.

»Danke, Hicks«, keuchte Fischbein.

»Na, wen haben wir denn da«, sagte Rotznase gedehnt, nahm sein Knie von Fischbeins Brustbein und schlenderte lässig zu Hicks' Sitzplatz hinüber.

»Ihr seid ja großartige Wikinger! Wie ich höre, könnt ihr nicht mal zwischen einem friedländischen Fischerboot und einer römischen Siebzig-Meter-Galeere unterscheiden! Und ihr müsst wohl die ERSTEN SEERÄUBER DER WELT sein, die jemals ihr *eigenes* Schiff versenkten!«

»Hahaha!«, lachten alle anderen Jungen.

»Und am jämmerlichsten ist«, spottete Rotznase, »dass du auch noch deine zahnlose Mikrobe von einem Drachen verloren hast …«

»Großer Verlust«, fauchte Feuerwurm verächtlich und schärfte ihre aristokratischen Krallen an Hicks' Helm, was ein höchst unangenehmes Kratzgeräusch verursachte. »Diese Kreatur war eine Schande für uns grünblütige Feuerbrüder der Schlange …«

»Ohnezahn war ein prima, prima Drache«, sagte Hicks leise und versuchte seine Wut unter Kontrolle zu bringen.

»Er war ein HOFFNUNGSLOSER Drache«, mokierte sich Rotznase. »Aber mach dir nichts draus. Als römische Handtasche macht er sich bestimmt gut …«

»DAS NIMMST DU SOFORT ZURÜCK, DU ROTZIGER ARSCH MIT NASENLÖCHERN, SO GROSS WIE BUMMSBALLTORE UND EINEM HIRN WIE EIN ZITTEREGLIGER GLIMMSTÄNGLER!«, gellte Hicks' Gebrüll durch den Raum. Prompt flog mit gigantischem Krachen die Tür auf und prallte direkt wieder von der Wand ab.

»BRAVO!«, röhrte Grobian der Rülpser. Er war voll des Lobes. »Hervorragendes Beispiel für Unverschämtes

Benehmen, Hicks! Vielleicht wird aus dir doch noch ein echter Wikinger!«

»Wenn es Euch nichts ausmacht, Kommandant«, speichelte Rotznase und rückte mit erhobenen Fäusten und einem äußerst feindseligen Blick auf Hicks vor, »werde ich ihn dafür noch schnell pürieren ...«

»Aber es macht mir was aus«, sagte Grobian. »Wir haben heute Fremde-Erschrecken, nicht Freistilkillen – UND JETZT *SETZT EUCH,* IHR HOFFNUNGSLOSEN WIKINGERIMITATIONEN!«

Es gab ein gewaltiges Schubsen und Stoßen, als sich die Jungen ihre Plätze auf dem gestampften Kuhdungboden vor Grobians Füßen erkämpften. Selbst Rotznase wusste, dass es besser war, Grobians Befehlen zu folgen, also setzte er sich hin, knurrte aber Hicks noch drohend zu, dass er ihn sich später vorknöpfen werde.

»Heute wollen wir uns mit Gelderwerb-durch-Bedrohen beschäftigen«, überschrie Grobian der Rülpser den Lärm.

»Hicks! Warzenschweini! Stellt euch mal hier vorn hin. Hicks, du bist mit deinem Raufbold-Stamm in Gallien eingefallen und Warzenschweini ist der gallische Bauerntrottel. Welche ENTSETZLICHEN TECHNIKEN kannst du anwenden, um Warzenschweini um seine Besitztümer zu erleichtern?«

Hicks stand langsam auf; eigentlich war er nicht so recht bei der Sache.

»*Excuse-moi, mon brave*«, sagte Hicks höflich und geistesabwesend zu Warzenschweini dem gallischen Bauerntrottel, »*mais pouvez-vous me donner votre …*« Warzenschweini schickte ihn mit einem Aufwärtshaken auf den Kuhdungboden.

»OH UM THORS WILLEN!«, explodierte Grobian voller Zorn. »ICH NEHME ALLES ZURÜCK, WAS ICH VORHIN GESAGT HABE! HAST DU DENN *REIN GAR NICHTS* KAPIERT, WAS ICH DIR BEIGEBRACHT HABE? WIKINGER QUASSELN NICHT IN IRGENDWELCHEN BEHÄMMERTEN AUSLÄNDERSPRACHEN, SIE *BRÜLLEN,* HICKS, SIE BRÜLLEN!«

Mühsam brachte sich Grobian der Rülpser wieder unter Kontrolle. »Setz dich hin, Hicks! Rotznase, zeig diesem JÄMMERLICHEN Hicks mal, wie man so eine *absolut kinderleichte Übung* durchführt.«

Zwei Sekunden später, unter gewaltigem Jubel und »Bravo!«-Rufen Grobians und der übrigen Jungen, hielt Rotznase Warzenschweini im Bierbauchschwitzkasten und nahm ihm nicht nur sein Geld, sondern auch den Helm, die Jacke und die Hose ab.

Grobian stemmte die Pranken in die Hüften, warf seinen riesigen haarigen Schädel zurück, sodass die Hörner auf seinem Helm Löcher in die Wand hinter ihm rammten, und brüllte vor Lachen.

»SIEHST DU, HICKS?«, stieß er keuchend zwischen den Lachanfällen hervor. »SO FUNKTIONIERT DAS MIT DEM FREMDE-ERSCHRECK…«

Schon wieder flog die Tür krachend auf.

Zwei enorme maskierte FREMDE stürmten in das Klassenzimmer. Sie trugen die beim Stamm der Sumpfdiebe übliche Kleidung, aber Hicks war sofort klar, dass das hier zwei römische Soldaten in nicht sehr guter Verkleidung waren. Zum Beispiel waren Sumpfdiebkrieger immer *Frauen* (auch wenn das nicht immer sofort zu erkennen war). Aber das hier waren ganz eindeutig zwei schwer mit Muskeln bepackte *Männer,* die sich aufgeblasene Schweinsblasen als Busen unter die Kleider gesteckt hatten, und sie brüllten, dass Hicks das Blut in den Adern gefror und sich seine roten Haare wie die Stacheln eines Seeigels aufrichteten.

Der erste Soldat hielt zwei doppelschneidige, eisenpfannengroße Wurfäxte in der Hand und schleuderte eine davon sofort auf Grobian den Rülpser, ohne um Erlaubnis zu bitten. Die Axt wirbelte quer durch den Raum, verpasste Grobians Kopf um Haaresbreite und nagelte ihn mit dem Bart an die Wand.

»AAAAAAAAAUUUUH!«, würgte Grobian, unfähig sich zu bewegen, und starrte die glänzende Axtschneide aus einem Zentimeter Entfernung an.

»Er, der sich bewegend, bitte, geht des Kopfes verlustig, dieses Selbe geltend sei für Drache!«, brüllte der erste Soldat, der sehr schlecht Nordisch* sprach und dabei die zweite Axt um den Kopf schwang.

* Nordisch ist die Sprache aller Wikinger.

Kein Junge und kein Drache bewegte sich.

»Oke, oke, bitte«, rief der erste Soldat ein wenig ruhiger. »Gebend uns, was uns wollen und niemands geht kaputticus. *Welcher der Eurigen seiend das Erbe von Stamm der Räuberlichen Raufmolche?«*

Alle waren ganz still.

»Nicht mich machend böse, bitte!«, warnte der erste Soldat streng.

»Ihr nicht werdend ihm mögen, wenn böse er seiend«, mischte sich der zweite Soldat ein und prüfte liebevoll mit dem Daumen die Schneide seiner Axt.

»Ergo – WER IST SEIEND DAS ERBE VON STAMM DER RÄUBERLICHEN RAUFMOLCHE?«

Da niemand antwortete, besprachen sich die beiden Kidnapper auf Lateinisch.

»Beim Jupiter, Markus«, sagte der erste Kidnapper zum zweiten Kidnapper. »Sie wollen es nicht sagen, aber der Boss hat ja gesagt, dass der Erbe ein schwächlich aussehendes Jüngelchen ist – welcher könnte das denn sein?«

Der zweite Kidnapper deutete auf Hicks. »Muss wohl der hier mit den Karottenhaaren sein«, meinte er. »Schau ihn dir an, Arme wie Spaghetti!«

»Könnte aber auch der neben ihm sein, der ein Gesicht wie ein Kabeljau hat«, widersprach der erste Kidnapper.

»So ziemlich der schwächlichste Knabe, den ich je gesehen habe!«

»*Vae!* Schwierige Frage«, stöhnte der zweite Kidnapper.

»Ich meine, wir sollten sie alle beide einsacken, für alle Fälle. Wenn wir den Falschen mitbringen, wird der Chef böse, und du weißt ja, wie er ist, wenn er böse ist …«

Also packte der zweite Kidnapper Hicks und Fischbein am Kragen und warf sie sich über die Schultern.

»Ihr zählend werdend bis *mille,* bevor ihr verlassen werdend das Raum«, befahl der erste Kidnapper der mit offenen Mündern dasitzenden Wikingerklasse. »Oder

wir tötend werden sein diese Jünglinge! Ihr erzählend dem Häuptling, dass Berta Prallbusica ihm sendend ist ihr Liebesgrüße und dieses Epist... Briefes.«

Der Kidnapper übergab Warzenschweini ein Stück Papier, das an Haudrauf den Stoischen adressiert war. Grobian der Rülpser war inzwischen dunkelrot angelaufen. Er hing immer noch an der Wand fest, am Bart festgenagelt durch die Axt. Nun ist so ein Bart des Wikingers ganzer Stolz. Wenn es nach den Raufbolden ging, konnte so ein Wikingerbart nicht rot, haarig, verstrubbelt genug sein. Deshalb war es ein Kapitalverbrechen, den Bart eines anderen Wikingers auch nur zu berühren – geschweige denn, ihn mit einer Axt an die Wand zu nageln.

»RACHE!«, brüllte deshalb Grobian der Rülpser und versuchte sich von der Axt zu befreien, wobei er aber nur weitere Prachtlocken aus seinem geliebten Bart riss.

»HÄUPTLING HAUDRAUF DER STOISCHE WIRD DEN SUMPFDIEBEN DIE BLUTFEHDE ERKLÄREN, WENN ER ERFÄHRT, DASS IHR MEINEN BART RUINIERT UND SEINEN ERBEN ENTFÜHRT HABT!«

»Das sind *keine* Sumpfdiebe!«, warnte Hicks. »Sumpfdiebe sind *immer* Frauen! Das hier sind keine Frauen. Ihr seht doch, dass dem einen gerade der Busen geplatzt ist. Das sind *Römer!* Sagt meinem Vater, dass ...«

Der erste Kidnapper schlug schnell seine Pranke über Hicks' Mund. Aber das war nicht nötig. Grobian hörte sowieso nicht auf Hicks. Er hatte einen Wutanfall und sah rot, genau wie Haudrauf zehn Minuten zuvor.

»DIE SUMPFDIEBE WERDEN DEN TAG BEREUEN, AN DEM SIE ES WAGTEN, SICH AM BART GROBIANS DES RÜLPSERS ZU VERGREIFEN! MACHT EUCH NICHTS VOR – ICH WERDE DAS DEM HÄUPTLING BERICHTEN!«

»Das ruhig du tuend«, grinste der erste Kidnapper, winkte dem anderen und sie verließen den Raum und nahmen Hicks und Fischbein mit sich.

9. WILLKOMMEN IM FORT FINSTERICUM

Die Kidnapper rannten den Hügel hinunter, wobei die Jungen arg durchgeschüttelt wurden. Am Ufer angekommen, warfen sie die Jungen in ein Boot – ein kleines, eindeutig römisches Boot, an dessen Mast eine sehr schlecht nachgemachte Sumpfdiebeflagge flatterte. Dann hissten sie das Segel und steuerten in die den Sumpfdieb-Inseln genau entgegengesetzte Richtung.

»Wohin fahren wir?«, stöhnte Fischbein.

»Ich vermute, zum Fort Finstericum«, antwortete Hicks.

»Dein mickriger *amicus* hat des Rechts«, spottete der erste Kidnapper und zerrte den falschen Frauenbart vom Kinn. »Ihr seid habend der Ehre, von Ruhmreichem Römischem Imperium entführend zu werden, und uns euch bringend in stolzes Fort Finstericum.«

»Juhu«, sagte Fischbein düster.

»Ihr seid besser jetzt haltend die Schnauzen«, sagte der erste Kidnapper drohend und die Jungen hielten die Schnauzen.

Der Wind blies sehr stark. In weniger als drei Stunden hatten sie die verhältnismäßig ruhigen Gewässer von Wotans Badewanne hinter sich gelassen und segelten durch die trügerischen Strömungen und nadelscharfen Felsen

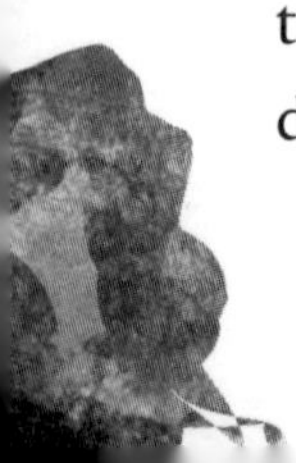

der Irren Wirrmeere. Wie schon der Name sagt, war das ein verwirrendes Durcheinander von Tausenden kleiner und kleinster Inseln, das irgendwo ein paar Meilen südlich der Insel Berk lag; viele der Inseln hatten gewaltige, senkrecht aufragende Felsenklippen. Hier herrschte eine unheimliche Stimmung. Die meisten Wikinger glaubten deswegen, die Inselgruppe sei von bösen Geistern bewohnt.

Riesige schwarze Berge mit grimmig emporragenden Felsen erhoben sich auf beiden Seiten. Rings um das Boot kochte die aufgewühlte See und ab und zu tauchte die scharfe Spitze eines Felsens so plötzlich aus dem Meeresdunst auf, dass der zweite Kidnapper oft nur mit knapper Not das Ruder herumreißen und ausweichen konnte.

Je näher sie dem Fort Finstericum kamen, desto weniger Tiere waren zu sehen.

In Wotans Badewanne hatten sie noch Drachen aller möglichen Arten und Größen gesehen und gehört: Drachen, die sich ständig anschrien und ankreischten und dicht über den Wellen nach Fischen oder Vögeln jagten. Robben lagen faul auf den Felsen. Vögel kreisten am Himmel und stürzten sich steil auf jeden Fischbrocken, der bei den endlosen Drachenkämpfen abfiel.

Doch als sie dem Fort immer näher kamen, wurde das Meer ringsum still wie eine Wüste. Kein Vogel tschilpte, kein Fisch sprang aus den Wellen. Der Grund dafür wurde ihnen klar, als sie zwei tote Kriechschlangendrachen sahen, die eng zusammengepresst in einem gigantischen Fischernetz von einer Felsklippe hingen.

»Und die nennen UNS Barbaren«, schnaubte Fischbein. Hicks war nahe dran, sich zu übergeben.

Und dann setzte sein Herzschlag kurz aus. Er hörte das Schreien von Drachen, und zwar denselben Lärm, den er auch durch den Nebel in Wotans Badewanne gehört hatte … ein Lärm, der das Blut gefrieren ließ und die Nerven zerrüttete, wie wenn ein Schwert mit durchdringendem Geräusch auf einem Stein geschärft wird. Er schluckte schwer. »Ich glaube, wir werden gleich den Römern begegnen«, sagte er.

Und tatsächlich wurde das entsetzliche Gebrüll der verängstigten und wütenden Drachen immer lauter und lauter … dann fuhren sie um eine Felsenecke und dort vor ihnen, unglaublich riesig und unheimlich, erhob sich das Fort Finstericum.

Ihre Münder blieben vor Staunen offen stehen.

Wikinger sind an recht bescheidene Wohnbedingungen gewöhnt. Ein Häuptling hat nur einfach eine etwas größere Hütte als die Übrigen. Deshalb hatten Fischbein und Hicks noch nie ein Gebäude von der Größe von Fort Finstericum zu sehen bekommen.

Die Finster-Insel war von gewaltigen schwarzen Felsenklippen umgeben, die in schwindelerregender Tiefe in messerscharfen Felsennadeln endeten. Ganz oben auf diesen Klippen hatten die Römer die größte Anlage gebaut, die du dir überhaupt vorstellen kannst: Sie bedeckte die gesamte Inselfläche.

Der Wind heulte um die furchterregenden Türme und blies durch die schrecklichen, hohen Käfige. Das Meer drang durch die Eisentore und bis in die tiefsten Kerker. Es war eine Festung, so schwarz und bedrohlich und öde wie das Felsengestein, aus dem es gebaut war.

In der Mitte ragte der Palast des Präfekten in die Höhe, eine prächtige Villa, die um einen Innenhof mit einem verzierten Brunnen gebaut war. Neben dem Palast befand sich ein riesiges Amphitheater aus Holz und dahinter lagen die Baracken der Legionssoldaten.

In den fünfzig enormen Käfigen wurden unzählige Drachen gefangen gehalten, ohne jeden Schutz gegen den wild blasenden, bitterkalten Wind der Inneren Inseln. Kein Wunder, dass sie so schrien.

Hinter den Käfigen lagen die Quartiere der Sklaven, die Küche, die Koppeln für die Pferde und der Übungsplatz der Gladiatoren. Außerdem gab es kleine Tempel für die Götter, beheizte Bäder für den Präfekten und seine hochrangigen Offiziere und schließlich noch Lager für Waffen, Munition und für die gigantische Ausrüstung, die benötigt wurde, um die Kriegsschanzen zu graben. Weiter draußen lagen riesige Getreidefelder.

Und die ganze gewaltige Anlage wurde von hohen Holzpalisaden umringt, die alle hundert Meter mit

Beobachtungsballons
Drachenkäfige
Gefä
Das groß

FORT FINSTERICUM

bemannten Wachtürmen versehen waren. In der Luft standen vier enorme Beobachtungsballons. Jeder Ballon wurde durch den feurigen Atem eines Drachen in der Luft gehalten, der in einem Käfig direkt unter dem Ballon hockte. Auch diese Ballons waren mit Wachsoldaten bemannt, die ständig nach Flüchtlingen oder Eindringlingen Ausschau hielten.

»Ooooh«, stöhnte Fischbein schließlich leise, »kein Wunder, dass die Römer den größten Teil der Welt erobert haben. Absolut erstaunlich, dass sie UNS noch nicht erobern konnten!«

»Noch nicht«, sagte Hicks grimmig. »Aber allmählich frage ich mich, wie wir jemals wieder AUS DIESEM DING herauskommen.«

Die Kidnapper segelten direkt auf die hölzernen Eingangstore zu. Auch die Tore waren riesig, manche waren größer als die Meeresklippen von Berk. Als sie sich ihnen näherten, hörten sie Rufe der Wachsoldaten und die großen Flügeltüren schwangen langsam auf, um sie hereinzulassen. Sie segelten durch das offene Tor, direkt ins Herz der finsteren Festung hinein. Und hinter ihnen glitten die Tore wieder zu wie der Kiefer eines gewaltigen Hais.

Der zweite Kidnapper grinste die Jungen boshaft an, als sie am Landesteg anlegten.

»Wir euch heißend willkommen in Fort Finstericum«, sagte er.

10. DAS GEHEIMNIS DES DÜNNEN PRÄFEKTEN

Die Kidnapper warfen sich die Jungen wieder über die Schultern und marschierten durch mehrere große Höfe, auf denen es von Soldaten und Köchen und Pferden und Verkäufern nur so wimmelte. Sie gingen mehrere Treppen hinauf und durch eine Tür in einen hell erleuchteten, prächtig bemalten Saal. Das war der Palast des Präfekten. Die Wände waren mit Wandteppichen verkleidet, über den Sofas waren seidene Decken ausgebreitet und der Mosaikboden fühlte sich unter den Füßen warm und sanft an.

Jedenfalls schienen die Römer zu wissen, wie man sich das Leben bequem machen konnte.

In einer Ecke ließ sich der Dicke Präfekt die Rachenmandeln mit einer Feder kitzeln, damit er kotzen konnte, um noch eine Portion *Riesenhafter Albtraum Crème Brûlée* als Dessert unterbringen zu können. In einer anderen Ecke ließ sich der Dünne Präfekt die Schläfen massieren. Er blickte auf, als die Jungen hereingeführt wurden, und ließ ein lautes »Aha!« voller bösartiger Befriedigung hören.

Zu Füßen des Präfekten lag ein besonders großer Gronckel, ein etwa zwei Meter hoher Drache mit einer Stachelkrause um den Hals. Als sie hereinkamen, hob er seine gewaltige Körpermasse schwerfällig auf die dicken, muskulösen Beine; tief in seinem dicken Bullennacken begann ein unheilvolles Grollen.

Dann sprang er den ersten Kidnapper an, der Fischbein schreiend fallen ließ.

»Stopp!«, brüllte der Dünne Präfekt auf Drachenesisch. Sehr *schlechtes* Drachenesisch, aber nichtsdestotrotz Drachenesisch.

Der Gronckel hatte das Bein des ersten Kidnappers mit seinen riesigen Zahnreihen gepackt, während der erste Kidnapper mit beiden Fäusten auf den von Warzen bedeckten Schädel des gewaltigen Biestes trommelte – allerdings ohne die geringste Wirkung. Der Gronckel genoss die Sache und knabberte munter am Knie des Kidnappers, während sein großer Schwanz hin und her schlug. Aber auf den Befehl des Dünnen Präfekten hin hörte er schließlich widerwillig auf.

»Donke.« Der Dünne Präfekt hatte einen grauenhaften Akzent und bekam häufig die Wörter nicht auf die Reihe.

»Du kannst den Soldaten jetzt festlassen.«

Der Gronckel rührte sich nicht.

»Ich habe gesagt: Du sollst ihn festlassen!«, brüllte der Dünne Präfekt verärgert.

Der Gronckel blinzelte ihn verblüfft an und rührte sich immer noch nicht.

»Oh, um Thors willen, du blöder Alligator …«, fluchte

der Dünne Präfekt auf Nordisch. Er zog seine Hälfte von *Drachensprache leicht gelernt* aus der Tasche und blätterte darin herum, wobei er ständig vor sich hin murmelte: »Loslassen, loslassen – wie heißt das Wort für loslassen?«

»Ich glaube, Ihr werdet feststellen, dass das Wort ›loslassen‹ auf Drachenesisch ›loslassen‹ heißt, Herr«, sagte Hicks höflich.

»Danke«, schnaubte der Dünne Präfekt. »Loslassen«, befahl er dem Gronckel auf Drachenesisch, der prompt seinen Kiefer öffnete. Der Kidnapper fiel zu Boden und blieb mit ausgestreckten Armen und Beinen liegen.

»Wie du siehst«, sagte der Dünne Präfekt gedehnt, »brauche ich die andere Hälfte deines Buches, Hicks.«

Hicks gab sich Mühe, nicht so erschrocken auszusehen, wie er sich fühlte. »Woher kennt Ihr meinen Namen?«, fragte er. »Und warum sprecht Ihr Nordisch und nicht Lateinisch?«

Der Dünne Präfekt lächelte. »Wir sind uns schon begegnet, verstehst du, Hicks, und zwar schon viele, viele Male. Warum schaust du nicht ein wenig genauer hin?« Hicks schaute dem Dünnen Präfekten in die Augen – und er schnappte vor Schreck nach Luft, als er ihn mit einem Mal erkannte.

Der Mann war völlig kahl, absolut haarlos. Selbst seine Wimpern waren verschwunden. Aber so kahl er auch sein mochte und obwohl er eine römische Toga trug, war er doch unverkennbar – Alwin der Verräter, Häuptling des Stammes der Verbannten und mit Abstand der bösartigste Mann der Inneren Inseln.

»Also«, zischte Alwin, »hier treffen wir uns WIEDER EINMAL, Hicks der Hartnäckige vom Hauenstein der Dritte …« Hicks und Fischbein starrten ihn voller Entsetzen an. Als sie Alwin den Verräter zum letzten Mal gesehen hatten, befand er sich gerade im Magen eines Monströsen Strangulators, in einer Höhle tief unter dem Wasser am Meeresgrund*. Wie um alles in der Welt hatte er es damals geschafft, sich aus DIESER gefährlichen Lage zu befreien? Und warum posierte er hier als Römer?

»Ich sehe, dass ihr euch wundert«, lächelte Alwin höchst unangenehm, »wie ich mich aus DIESER gefährlichen Lage befreien konnte.«

Fischbein und Hicks nickten sprachlos.

»Das ist eine recht interessante Geschichte«, speichelte Alwin und seine Augen sprühten fast Funken vor Wut. »Ich weiß, dass sie euch gefallen wird … Ich hieb mich mit dem Schwert aus dem Bauch des toten Monströsen Strangulators, aber da ihr mich freundlicherweise ohne Drachen in der Höhle IM STICH GELASSEN hattet, konnte ich nicht aus der Höhle entkommen …«

»Wir haben dich nicht im Stich gelassen!«, quiekte Fischbein geschockt. »Wir wussten nicht mal, dass du

---

* Das steht in dem Buch »Wilde Piraten voraus!« Ich kann dir nur dringend empfehlen, es zu lesen.

noch am Leben warst! Wie hätten wir das auch wissen sollen?«

Alwin überhörte ihn einfach. »... also hatte ich keine andere Wahl, als durch die Heulenden Höhlen zu schleichen. Das kostete mich DREI VOLLE MONATE! Ich musste in totaler Dunkelheit durch die Höhlen kriechen, musste mich von rohen Höhlendrachen ernähren, musste das Wasser von den Felswänden lecken ... und als ich endlich auf eurem jämmerlich elenden kleinen Eiland wieder ans Tageslicht kam und ein Boot stahl und nach Hause segelte, was passierte dann? Meine eigenen Leute VERSTIESSEN mich – sie wollten mich nicht mehr zum Häuptling haben! Denn dort in der Dunkelheit, in dem ekligen Magen des Strangulators, ist etwas *Schlimmes* mit mir geschehen ...«

Alwins Stimme wurde immer heftiger und wütender.

»Die Magensäure dieser höllischen Kreatur hat bei mir einen Haarausfall verursacht! Und wer in der Welt hätte schon jemals von einem haarlosen Wikinger gehört? Deshalb wurde ich von meinem eigenen Stamm verjagt und war gezwungen, ins Exil zu gehen. Glücklicherweise habe ich römisches Blut in den Adern, von der mütterlichen Seite meines Vaters ... und das Imperium kann immer einen schlauen Mann wie mich brauchen. Ich erklärte ihnen, dass ich eine Möglichkeit gefunden hätte, wie Rom die Wikingerstämme besiegen könne. Nämlich indem man die Stämme gegeneinander aufstachelt!«

»Verräter!«, schrie Fischbein.

»Genau«, lächelte Alwin. »Und ich habe auch einen teuflisch schlauen Plan für eine … DRACHENARMEE entwickelt.« Alwin zog zum ersten Mal seinen rechten Arm aus der Toga. Einen Arm, der nicht in einer Hand endete, sondern in einem riesigen gekrümmten HAKEN aus purem, hell glänzendem Gold.

»Ich habe mir diesen Haken gemacht«, erklärte Alwin beiläufig, »aus einem goldenen Kelch, der zum Schatz gehörte. Das war das Einzige, was ich durch die Heulenden Höhlen mitnehmen konnte. Aber ich will auch den Rest haben – ich *brauche* den Rest …!«

»Mit einer DRACHENARMEE kann ich den Schatz heben«, fuhr er dann fort. »Die Drachen können hinuntertauchen und ihn für mich heraufholen. Aber dazu

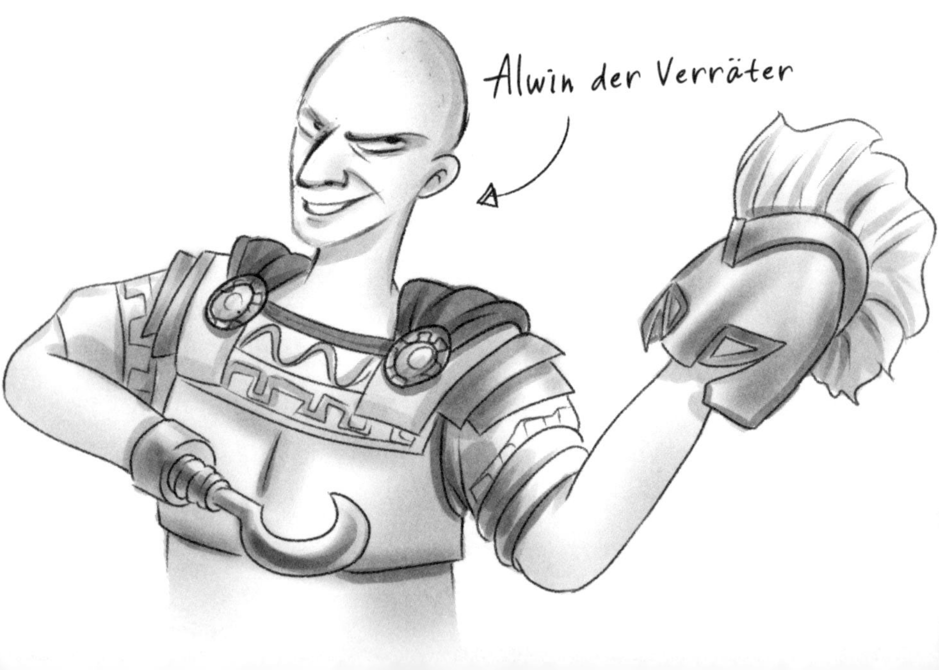

brauche ich zuerst noch etwas anderes, wie du weißt, Hicks …«

Alwin stieß den Haken gegen Hicks' Brust. »Ich brauche die andere Hälfte von deinem Buch, *Drachensprache leicht gelernt*. Ich brauche das Buch, um die Drachen in meiner Drachenarmee kommandieren zu können. Wo ist deine Buchhälfte, Hicks? Wenn du sie mir freiwillig gibst, werde ich dich und deinen fischbeinigen Freund am Leben lassen. Andernfalls, fürchte ich, werde ich euch beide JETZT SOFORT töten müssen …«

»Erst sagst du mir, was du mit Ohnezahn gemacht hast«, verlangte Hicks.

»Oh, Ohnezahn ist absolut in Sicherheit«, grinste Alwin. »Er sitzt in einem meiner Kerker.«

Hicks seufzte erleichtert auf. Wenigstens war Ohnezahn nicht tot.

»Gib mir jetzt das Buch«, befahl Alwin.

»Wenn ich es dir gebe, versprichst du dann, uns nicht zu töten?«, fragte Hicks.

»Ich verspreche es.«

Hicks griff in seine Hosentasche und händigte Alwin seine feuchte und schwer mitgenommene Hälfte von *Drachensprache leicht gelernt* aus. Er wusste, dass Alwin es irgendwann sowieso finden würde.

»Danke«, spottete Alwin. Er schraubte den goldenen Haken vom Arm und setzte dafür sein berühmtes Schwert *Sturmklinge* ein.

»Oh, oh«, stöhnte Hicks.

Der Dicke Präfekt hatte endlich eine weitere große Portion von gerösteten Puffnaddern in delikater Seetangcremesoße mit marinierten Traumschlangenschuppen verputzt und zeigte nun ein gewisses Interesse an den Vorgängen.

»Wen hast du denn da, Präfekt?«, fragte er gedehnt und wischte sich die Cremesoße vom dritten Kinnwulst. Hicks bemerkte, dass der Präfekt nicht allzu gesund aussah. Er war vom Kopf bis zu den Zehen mit rostroten, hässlichen Insektenstichen bedeckt und immer wieder musste er seinen fetten Arm recht weit bewegen, um seinen gigantisch schwabbeligen Hintern zu kratzen.

»Das«, erklärte Alwin grimmig, »ist der Erbe des Stammes der Räuberischen Raufbolde.«

»Der außergewöhnlich mächtige Krieger, von dem du mir erzählt hast?«, fragte der Dicke Präfekt. Er starrte Hicks voller Staunen an. »Aber er ist doch so arg, arg klein!«

»Größe ist nicht alles«, antwortete Alwin der Verräter.

»Was hast du denn mit ihm vor?«, wollte der Dicke Präfekt wissen.

»Ich werde ihn töten«, sagte Alwin und schwang *Sturmklinge* bösartig durch die Luft.

»Du hast versprochen, dass du das nicht tun wirst!«, rief Hicks empört.

»Ts, ts, ts«, schnalzte Alwin mit der Zunge, »verspro-

ELF-UHR-VESPER-MENÜ

für Seine Höchst Fettleibige Hoheit, den Dicken Präfekt

HORSD'EUVRES

- Geröstete Puffnaddern in delikater Seetangcrème-soße mit marinierten Traumschlangenschuppen
- Lerchenzungensuppe, mit knusprig gebratenen *Nanodrachenköpfen garniert*

ENTREES

- Über Holzfeuer gegrillter ganzer Ochse mit mariniertem Schleimhabicht und Haiaugenpüree
- Doppelreptoburger mit Käsescheiben, Picallilli und Pinguinflügel
- Lebende Frösche und Haselmaussoufflé in Gewöhnlicher oder Felddrachensosse

KOTZPAUSE

LES DESSERS

- Riesenhafter Albtraum Crème Brûlée mit geräuchertem Schellfisch und Schokoladenmousse
- Nadder in Karamellpaste und Wellhornschneckenpudding

chen! Hast du denn immer noch nicht gelernt, dass Verräter niemals ein Versprechen halten?«

»Warte mal eine Sekunde, mein lieber Präfekt«, warf der Dicke Präfekt gedehnt ein. »Scheint mir doch eine ziemliche Verschwendung, ihn jetzt zu töten. Lass ihn bis Samstag leben – bis zum Saturnsamstag. Ich möchte diesen außerordentlichen Krieger gern mal im Kampf in der Arena erleben …«

»Das ist aber keine gute Idee, Präfekt«, widersprach Alwin. »Der Junge macht keinen großen Eindruck, aber ich versichere dir, dass ich ihn im Kampf erlebt habe. Er ist fähig, all unsere Pläne zu ruinieren. Wir müssen ihn JETZT töten. JETZT haben wir die Gelegenheit dazu.«

»Wer gibt hier eigentlich die Befehle?«, erkundigte sich der Dicke Präfekt.

»Ich …«, begann Alwin, verbesserte sich aber gerade noch rechtzeitig. »Ich meine, du natürlich, Präfekt.« Alwin verbeugte sich unterwürfig. »Aber …«

»Keine Widerrede«, befahl der Dicke Präfekt.

»Wenigstens könntest du mir erlauben, den anderen zu töten, der wie ein Kabeljau aussieht«, bettelte Alwin der Verräter.

»Aber Fischbein ist ein BERSERKER[*], Präfekt«, warf

---

[*] Kennst du eigentlich den Ausdruck »zum Berserker werden«? Nun, Berserker waren Wikinger, die in einer Schlacht total ausrasteten. Das war ja auch ganz prima, solange sie auf deiner Seite kämpften. Aber vielleicht nicht so gut, wenn sie zu deinen Feinden gehörten …

Hicks schnell ein. »Ich bin sicher, dass er als Gladiator einen wirklich aufregenden Kampf liefern wird.«

»Wirklich?«, rief der Dicke Präfekt erfreut aus. »Das entwickelt sich tatsächlich zu einem sehr interessanten Vormittag. Ich habe noch nie einen Berserker kennengelernt. Wird bei den Spielen eine köstliche Unterhaltung sein. Also bleibt der mit dem Gesicht wie ein Fisch auch am Leben, fürchte ich, Präfekt.«

»Aber Präfekt …«

Der Dicke Präfekt wischte Alwins Bitten einfach mit der fetten Hand beiseite. »Werft die Gefangenen in den Kerker zu diesem Sumpfdieb«, befahl er.

Alwin versuchte seine Wut zu unterdrücken. Er lächelte den Präfekten durch zusammengebissene Zähne an. »Natürlich weißt du, was das Beste ist, Präfekt«, sagte er. »Aber gib mir nicht die Schuld, wenn dann alles schief läuft …«

Dann wandte er sich an den Gronckel.

»Sitz mich«, befahl er in seinem extrem schlechten Drachenesisch, »und steck mich ins Loch zu dem Sumpfdieberben!«

Der Gronckel setzte sich prompt auf Alwin. Der erste Kidnapper musste dem Drachen sehr hart mit dem Schwertgriff auf den Kopf kloppen, um ihn wieder von Alwin herunterzuscheuchen, bevor er ihn völlig erdrückte. Als Alwin endlich unter dem Hintern des Tieres auftauchte, raste er förmlich vor Wut.

»Nein, nein, nein!«, kreischte er außer sich. Dann versuchte er, die beiden Hälften von *Drachensprache leicht gelernt* zusammenzufügen. Ständig vor sich hin fluchend, suchte er nach der richtigen Seite. »Ah, da ist es!«, murmelte er endlich befriedigt. »Pack meine Nase und wirf mich in den Topf zu dem Sumpfdieberben!«

Jetzt musste der zweite Kidnapper dem Gronckel heftig mit dem Schwertgriff auf den Kopf kloppen, um ihn davon abzubringen, Alwins Nase mit seinen Klauen zu zerquetschen. Doch das Riesenvieh packte Alwin und versuchte ihn in den gigantischen Nachttopf des Dicken Präfekten zu stecken.

»Hör nicht auf!«, brüllte Alwin auf Drachenesisch.

»Kann ich vielleicht helfen?«, fragte Hicks und wandte sich direkt an den Gronckel. »Ich denke, der Präfekt wollte eigentlich was *anderes* sagen, nämlich: ›Pack *uns* und wirf *uns* in den Turm zu dem Sumpfdieberben …‹« Der Gronckel packte Hicks und Fischbein am Hemdkragen wie zwei Kätzchen.

»Wenigstens«, bat Hicks Alwin, während er versuchte sich von dem weit aufgerissenen Rachen des Gronckels wegzuschwingen, »könntest du einmal im Leben eine gute Tat tun und Ohnezahn freilassen! Du brauchst ihn nicht und er hat *dir* nie etwas getan …«

Alwin versuchte so würdig wie möglich aus dem Nachttopf zu steigen. Was ziemlich schwierig war.

»Das stimmt nicht!«, sagte er gereizt. »Dein jämmerlicher Drache hat mal ein Häufchen in meinen Helm gemacht. *Ein Verräter Vergibt Niemals.* So weit es mich angeht, kann er in seinem Kerkerloch verrotten … Oder eigentlich kommt mir gerade eine bessere Idee – er kann am Samstag mit euch zusammen in der Arena auftreten, wo ihr gemeinsam einen furchtbaren, bestialischen Tod sterben dürft …« Alwin grinste grausam und winkte dem Gronckel. »Führe sie weg!«, befahl er. Ausnahmsweise hatte er sein Drachenesisch richtig auf die Reihe gebracht. Der Gronckel trottete mit den beiden Jungen im Maul davon, gefolgt vom ersten Kidnapper. Das riesige Tier klapperte die Steinstufen hinauf und hielt vor einer großen Tür an. Das musste die Tür zu der Kerkerzelle sein, in der Alwin den anderen Erben gefangen hielt. Der erste Kidnapper öffnete sie mit einem großen Schlüssel, der an seinem Gürtel hing.

»Willkommend seiend ihr in eurer Villa für drei der Wochen, bitte«, sagte er mit fiesem Grinsen. »Übend sollet ihr sein des Schwertkampfs, römische Gladiatoren seiend sehr, sehr besser, mir scheinend …«

»Wenigstens lernen wir jetzt den Erben der Sumpfdiebe kennen«, sagte Hicks zu Fischbein. »Vielleicht ist dieses ganze Durcheinander eine gute Gelegenheit, endlich zwischen den Raufbolden und den Sumpfdieben irgendwie Frieden zu stiften.«

11. DER ERBE DER SUMPFDIEBE

Der Gronckel trabte in den Kerker. Es war ein großer, kahler Raum mit einem Tisch und ein paar Stühlen und einem Strohhaufen in einer Ecke – der diente wohl als Schlafstätte. Die Fenster waren vergittert. Offensichtlich durften die Jungen nicht den Luxus genießen, den sich die Römer gönnten. Der Gronckel ließ Fischbein und Hicks umstandslos auf den Boden fallen und trampelte aus dem Raum.

»Machend es bequem euch«, empfahl der erste Kidnapper spöttisch. Die Tür krachte hinter ihm ins Schloss. Mitten im Raum stand ein kleines Mädchen mit struppigem blonden Haar und einem wild-irren Gesichtsausdruck.

Und dieses kleine blonde Mädchen riss mit einer großen theatralischen Geste ihr Schwert aus der Scheide.

»Was seid denn ihr für welche? Habt ihr Namen?«, schrie sie und fuchtelte mit dem Schwert drohend vor ihren Gesichtern herum. »Wer hat euch geschickt? Los, spuckt es schon aus – woher kommt ihr?«

»Mein Name ist Hicks«, stotterte Hicks. »Und das hier ist Fischbein – wir sind Raufbolde …«

»Ich glaub kein Wort!«, brüllte das kleine Mädchen. »Ihr seid römische SPIONE! Zieht eure Schwerter und KÄMPFT wie *Männer,* ihr lateinischen Weicheier!«

Die Jungen starrten das tobsüchtige kleine Mädchen mit größtem Erstaunen an.

Fischbein fing an zu lachen.

Zwei Sekunden später lachte er nicht mehr. Das kleine Mädchen hatte mit einem blitzschnellen Schwertstoß das Hanfseil durchtrennt, das ihm als Gürtel diente, und nun lag die Hose um seine Knöchel und er machte in der schlabbrigen Unterhose eine noch traurigere Gestalt als sonst. »He!«, protestierte Fischbein und zerrte verlegen und hastig die Hose hoch. »Pass doch auf, was du mit deinem Schwert anstellst!«

Statt einer Antwort schwang das kleine Mädchen das Schwert hoch über dem Kopf und stürzte sich auf Hicks, wobei sie aus voller Lunge den Kriegsruf der Sumpfdiebe ausstieß, der ganz ähnlich wie ein sehr, sehr unanständiges Wort klingt. Hicks brachte gerade noch rechtzeitig sein Schwert aus der Scheide, um ihren Angriff zu parieren. Sie begannen zu kämpfen.

Erst im vergangenen Jahr hatte Hicks herausgefunden, dass er Linkshänder war. Seither hatte er entdeckt, dass er eine natürliche Begabung für den Schwertkampf hatte. Das war das einzige Fach im Seeräuberausbildungsprogramm, in dem er wirklich gut war. Er konnte sogar Schniefer den Schnösel und Stinker den Dussel leicht schlagen und erhielt als Hochbegabter Zusatzunterricht von Taubnuss Senior dem Grimmigen, dem besten Schwertkämpfer des Raufboldstammes.

Aber dieses kleine Mädchen war im Schwertkampf mindestens genauso gut wie Hicks. Ihre Schwerthand bewegte sich so schnell, dass man sie kaum sehen konnte. Zwischen den Ausfällen schlug sie Rad. Und außerdem QUASSELTE sie ununterbrochen, was es Hicks schwer machte, sich zu konzentrieren.

»KÄMPFE, du Nanodrachenfresser, du Glimmstängelschlecker, du togaschleimiger Lustmolch! Oooooh, du bist ja tatsächlich gar nicht *so* schlecht, für einen *Jungen*, meine ich, und mir wurde allmählich SOOOO langweilig, du hast ja keine Ahnung …«

»Können wir uns nicht mal in Ruhe darüber unterhalten?«, stieß Hicks atemlos hervor. »Es gibt nämlich absolut gar keinen Grund für uns, gegeneinander zu kämpfen …« Aber das kleine Mädchen achtete absolut gar nicht auf ihn und redete einfach weiter.

»Oh, ich sehe, das Jüngelchen kennt ja Grimmbarts Bluthiebstoß! Und den Durchstechausfall kennt er auch! Sogar den Gib-ihm-den-Rest-Hieb …«

»Hör endlich AUF!«, keuchte Hicks, der hektisch alle Angriffe parierte und dabei einen Ärmel abgeschnitten bekam. »Ich heiße wirklich Hicks … und ich bin wirklich ein Raufbold …«

»Glaub dir kein Wort!«, rief das kleine Mädchen. »Du bist ein römischer SPION! Gib's zu oder ich mach dir einen Reißverschluss von deinem Schleimloch im Gesicht bis runter zu deinem Napfschneckenfriedhof! Ooooooh,

deine Abwehr ist ein wenig SCHWACH, weißt du das, du solltest wirklich noch daran arbeiten … sonst könnte jemand einfach durchschlüpfen und dann …«

Sie vollführte den berüchtigten Knochenbrecherausfall, den Hicks zwar in letzter Sekunde parieren konnte, der ihn aber den anderen Ärmel kostete.

»Hoppla!«, krähte das kleine Mädchen fröhlich. »Jetzt haben wir schon den *zweiten!*«

»ICH – BIN – KEIN – RÖMER …«, keuchte Hicks, der bereits mit dem Rücken zur Wand stand.

»Und wennschon – ein RAUFBOLD ist keinen Dreck BESSER«, erklärte das kleine Mädchen, legte sekundenlang eine Pause ein und griff wieder an. »Meine Mutter sagt nämlich, nur ein TOTER Raufbold ist ein GUTER Raufbold.«

»Das ist aber komisch«, keuchte Hicks, »denn mein Vater sagt, nur ein TOTER Sumpfdieb ist ein GUTER Sumpfdieb – und noch komischer ist, dass wir *beide* in ungefähr zwei Wochen SEHR TOT und deshalb SEHR GUT sein werden – außer wir tun uns zusammen.«

»Oh, so ein MIST aber auch«, seufzte das kleine Mädchen schließlich und hörte endlich auf zu kämpfen. Jetzt, da sie nicht mehr so schnell herumhüpfte, sah Hicks, dass sie wirklich ein sehr kleines Mädchen war, mindestens einen Kopf kleiner als er. »Und ich hatte mich WIRKLICH schon so darauf gefreut, ein wenig Blut zu verspritzen.« Sie grinste Hicks an. »Du bist nicht schlecht im Schwertkampf – für einen *Jungen*, meine ich.«

»Danke«, sagte Hicks, immer noch nach Luft schnappend. Das kleine Mädchen bot ihm die Hand. »Ich heiße Kamikazzi, Erbin des Stammes der Sumpfdiebe. Sehr erfreut, dich kennenzulernen. Was habt ihr eigentlich hier zu suchen?«

»Wir wurden gekidnappt, genau wie du«, erklärte Hicks.

»Außerdem suchen wir einen Drachen, der uns abhandengekommen ist. Er ist ungefähr so groß ... grüne Augen, ein Gewöhnlicher oder Felddrache ...«

»Ach ja, DER«, erinnerte sich Kamikazzi. »Der Soldat,

der mir das Essen bringt, hat mir von ihm erzählt. ER hat den Präfekten in die NASE gebissen, als sie ihn hier einlochten!«

»Guter alter Ohnezahn!«, schniefte Hicks gerührt.

»Der Präfekt mag ihn nicht besonders«, fuhr Kamikazzi fort.

»Ich weiß«, sagte Hicks. »Ohnezahn hat mal ein Häufchen in seinen Helm gemacht und ein Verräter Vergibt Niemals.«

»Sie haben ihn auf Ebene sieben eingelocht, also im Hochsicherheitstrakt.«

»Oh mein armer, armer Ohnezahn«, seufzte Hicks. »Ich darf gar nicht daran denken, dass er eingesperrt ist. Er hasst enge Räume – er will nicht mal in Kaninchenbauten gehen – obwohl er Kaninchen besonders gern frisst –, sondern bleibt am Eingang und kreischt sich die Seele aus dem Leib …«

Aber in diesem Augenblick flog die Kerkertür wieder auf. Dieses Mal kam ein dicker Soldat herein, der einen kleinen grünen Ball in der Hand trug.

»Ich bin hier habend eine Geschenk vom *praefectus* für Hicks den Hartnäckigen vom Hauenstein Römisch Drei«, sagte der Soldat mit gemeinem Grinsen.

Er schleuderte Hicks den Ball zu. Der traf ihn so schwer in den Magen, dass Hicks nach Luft schnappte. Der Ball entrollte sich mit einem wütenden »E-e-entschuldige mal!« und mit plötzlich überschäumendem

Glücksgefühl wusste Hicks endlich, was oder wer der grüne Ball war.

»Ohnezahn!«, rief er voller Freude aus, kaum dass er wieder zu Atem gekommen war. »Ooohnezahn!«

Er bückte sich, um den kleinen Drachen vom Boden aufzuheben. Das arme kleine Tier hatte so viel Gewicht verloren, dass es nur noch aus Haut und Knochen zu bestehen schien. Hicks fühlte die Rippen, die aus seinem Körper herausstachen; auch war sein Schwanz ganz schlapp geworden und er hatte die zweispitzige

Schwanzquaste verloren, was nur geschieht, wenn ein Drache gefangen genommen wird oder zutiefst unglücklich ist.

Einen Augenblick lang tat Ohnezahn so, als sei ihm alles egal – »Wü-wü-würg! Setz mich sofort ab!« –, aber dann legte er Hicks seine kleinen Drachenarme um den Hals und drückte sich, so heftig er konnte, an ihn und flüsterte in Hicks' Ohr, damit nur er es hören konnte, immer und immer wieder: »Da-da-danke ... da-da-danke ... Ohnezahn wäre gestorben, wenn er noch einen Augenblick in dem fu-fu-furchtbaren Kerker hätte bleiben müssen ... Da-da-danke!«

12. HICKS' SCHLAUER, ABER ZIEMLICH VERZWEIFELTER AUSBRUCHSPLAN

Es mag vielleicht einigermaßen unwichtig erscheinen, aber was du zuallererst über Drachen wissen musst, ist die Tatsache, dass sie *fast nie* dankbar sind. Und deshalb war es das absolut erste Mal in Ohnezahns Leben, dass er sich bei Hicks für irgendetwas bedankt hatte.

Aber er erholte sich schnell wieder von diesem Tiefpunkt, und um den Moment der Schwäche zu überspielen, biss er Hicks verlegen, aber umso kräftiger ins Ohr.

Dann wurde er richtig aufgeregt, wand sich dreimal um Hicks' Hals, tauchte in sein Hemd hinunter und rannte dort überall herum: über die Brust und hinten den Rücken hinauf und unter den Achseln hindurch und deshalb musste Hicks ganz arg lachen, weil das leichte Krabbeln von Drachenfüßen und das ständige Schwanzzucken fast unerträglich ki-ki-ki-kitzelt.

»Hör auf!«, prustete Hicks zwischen den Lachanfällen. Ohnezahn tauchte wieder aus dem Hemd auf und sauste auf Hicks' Kopf, wo seine kleinen grünen Pfoten dafür sorgten, dass sich Hicks' Haar noch steiler aufrichtete, als es ohnehin schon der Fall war. Da saß er nun ganz oben auf Hicks' Stirn und blähte die Brust auf und stieß drei triumphierende, fröhliche Hahnenschreie aus.

Kamikazzi hatte das alles mit größtem Interesse beobachtet: vor allem die seltsamen Prustlaute und Pfeiftöne, die Hicks machte, wenn er dem Drachen Ohnezahn auf Drachenesisch antwortete.

»Oh, von DIR hab ich schon gehört!«, rief sie schließlich. »Du bist der IRRE TYP, der mit Drachen redet …«

»Mit Drachen zu sprechen, hat nichts mit Irresein zu tun«, gab Hicks verstimmt zurück. »Drachenflüstern ist eine sehr alte, seltene und anspruchsvolle Begabung!«

»Okay«, warf Fischbein ein, »also hätten wir mal wenigstens Ohnezahn gerettet. Ich hätte da aber noch eine Frage – wer, bei Thor, rettet UNS?«

»Uns? Wir retten uns natürlich SELBST!«, rief Kamikazzi und riss schon wieder ihr Schwert heraus.

»Wir BRECHEN AUS oder wir STERBEN!«, brüllte sie mit einem irren Glitzern in den Augen. »Rein *zufällig* bin ich nämlich die MEISTERAUSBRECHERIN, *das* hier ist nämlich nicht das ERSTE Mal, dass ich gekidnappt werde, müsst ihr wissen!«

»MEISTERAUSBRECHERIN«, schnaubte Fischbein voller Verachtung, »ihr Sumpfdiebe seid ja wirklich sehr von euch selbst überzeugt. Wer hat dich denn früher schon mal gekidnappt?«

»Oh … äh, andere Wikingerstämme natürlich«, antwortete Kamikazzi wegwerfend. Sie summte ein kleines Liedchen und schwang glücklich das Schwert über ihrem Kopf herum.

»Die Dickschädel … die Westgrobiane … und so … Wir Sumpfdiebe haben *immer* mit ALLEN Krach … wir haben nämlich mit jedem Stamm eine ganze MENGE STREITPUNKTE, musst du wissen … jedenfalls bin ich den Westgrobianen entkommen, kein Problem …«

»Kein Problem?«, echote Fischbein ungläubig. Den Westgrobianen wurde nachgesagt, besonders brutal zu sein.

»Ich denke, du hast aber jetzt ein Problem, wenn du aus einer römischen Festung entkommen willst«, sagte Hicks, während er Ohnezahn streichelte, der zufrieden schnurrte.

»Römische Festungen sind so gebaut, dass es unmöglich ist hineinzukommen und noch viel unmöglicher, hinauszukommen. Hast du die vier umlaufenden Palisadenwälle nicht gesehen? Die vier Beobachtungsballone? Die Bogenscharfschützen auf jedem Wachturm? Ganz zu schweigen von den Eisengittern am Fenster dieser Zelle und von der eisenbeschlagenen und verriegelten Tür. Ich glaube nicht, dass du hier vom Ausbrechen auch nur träumen kannst.« Kamikazzi lächelte zuversichtlich. »Nichts ist für eine MEISTERAUSBRECHERIN unmöglich«, versicherte sie den Jungen. »Man kann eine Sumpfdiebin nicht lange hinter Schloss und Riegel sperren. Der Kerker muss erst noch erfunden werden, den wir nicht knacken könnten – wir sind so SCHLÜPFRIG wie Aale …«

»Wie kommt es dann, dass du noch hier im Kerker

sitzt, wo du doch so eine großartig schlüpfrige Ausbrecherin bist?«, erkundigte sich Fischbein.

»Ich schlage vor, dass wir warten, bis mein Vater einen Rettungstrupp schickt«, sagte Hicks.

»Er hat aber keinen Rettungstrupp losgeschickt, um Ohnezahn zu retten«, bemerkte Fischbein.

»Stimmt – aber ich hätte ihn *beinahe* dazu überredet«, antwortete Hicks eifrig. »Ich denke, dass ich bei ihm fast durchgedrungen wäre … Und ich bin schließlich sein SOHN und nicht nur irgendein Drache …«

Ohnezahn biss ihn verärgert ins Ohr.

»Er kommt, da bin ich absolut sicher«, erklärte Hicks voller Überzeugung. »Ich denke, ich setze mich einfach hier ans vergitterte Fenster und warte auf ihn.« Und Hicks setzte sich einfach ans vergitterte Fenster und wartete auf seinen Vater. Das Fenster ging nach Norden – er blickte also in Richtung Berk. Es regnete heftig, ein trüber, nie enden wollender Dauerregen, der dich glatt pitschnass macht, wenn du rausgehst (statt in deinem Kerker zu bleiben). »Er wird kommen, ich sag's euch.«

13. INZWISCHEN AUF BERK

Inzwischen auf Berk saß Haudrauf der Stoische am Tisch seiner Häuptlingshütte und stützte den Kopf in die Hände.

»Ein Häuptling kennt keinen Schmerz«, hielt er sich immer wieder vor. »Ein Häuptling kennt keine Furcht ... Ein Häuptling steht über solch schwächlichen Gefühlen ...«

Seltsamerweise fühlte er sich dadurch trotzdem nicht besser.

»Man kann schließlich noch andere Söhne haben ...«, sagte er sich. Und der Wind, der über das Meer heulte und über das offene Sumpfland fegte und die Tür der Häuptlingshütte in einem gewaltigen Regenschauer aufkrachen ließ, schien zurückzuschreien ...

»... aber keiner wäre wie Hicks ...«

Was für ein Häuptling bin ich eigentlich?, dachte Haudrauf unglücklich. Grimmbart der Abscheuliche hätte in einer solchen Situation keine Sekunde gezögert! Grimmbart der Abscheuliche hätte genau gewusst, dass es wieder mal die Sumpfdiebe waren! Er wäre schon längst dort drüben über sie hergefallen und hätte diese Sumpfdiebe bis nach Walhalla und wieder zurück geprügelt ...

Und dann fiel sein Blick auf den Römerhelm und leise Zweifel schlichen sich in seine Gedanken.

Könnte es nicht sein, das Hicks irgendwie recht hatte

und dass die Römer in die Inneren Inseln gekommen waren, um Zwietracht zu stiften?

Seufzend nahm er das Stück Papier, das vor ihm auf dem Tisch lag. Darauf hatte er geschrieben:

Aber welcher Plan war richtig?

Häuptling zu sein, war wirklich ein lausiger Beruf.

14. KAMIKAZZIS SCHLAUE, ABER ZIEMLICH VERWEGENE AUSBRUCHSPLÄNE

Die ganze folgende Woche saß Hicks vor dem vergitterten Fenster und hielt nach dem Rettungstrupp seines Vaters Ausschau.

Ohnezahn kam immer wieder und setzte sich auf Hicks' Kopf. Das war ein vertrautes Ritual der beiden, denn hier oben saß Ohnezahn gewöhnlich, wenn Hicks die Drachen am Kliff der Wilden Drachen beobachtete. Hicks saß dann da und zeichnete und schrieb in sein Drachenesischbuch, während Ohnezahn auf seinem Kopf lag, ein Auge geschlossen, das andere halb geöffnet, um nach leichtsinnigen Kaninchen oder kleinen Mäusen Ausschau zu halten, die er jagen könnte. So konnten sie stundenlang glücklich und zufrieden und in freundschaftlichem Schweigen dasitzen.

Und jetzt saßen sie eben da und schauten aus dem Fenster und suchten, suchten, suchten den Horizont nach der stolzen Wikingerflotte ab – die nicht kam.

Ihr Kerker befand sich hoch oben in einem der Türme. Das einzig Gute daran, Gefangener zu sein, war, dass sie nicht nach draußen gehen mussten.

Denn draußen regnete es immer noch. Nicht der nor-

male, durchschnittliche Spuckregen, den du sicherlich kennst, sondern ein Regen, den du nur im Barbarenarchipel erleben kannst, einem der absolut feuchtesten Winkel unserer guten grünen Mutter Erde. Eine ganze Woche lang regnete es, als sei der Himmel nichts anderes als ein riesiger Wassereimer, der sich unablässig über die armen Seelen dort unten ergoss.

Die Römer mochten großartige Welteroberer sein, aber Wetter wie dieses waren sie nicht gewohnt. Niemand ist so etwas gewohnt. Hicks beobachtete voller Interesse von seinem hoch gelegenen Fensterplatz aus, wie sich das Übungsgelände allmählich in eine riesige schwarze Schlammkuhle verwandelte. Die beheizten

Schwimmbäder des Präfekten traten über ihre Ränder und überfluteten den Reithof. Die Küchen standen kniehoch unter Wasser. Selbst der Turm schien ein paar Zentimeter einzusinken, weil seine Fundamente im aufgeweichten Untergrund nachgaben.

Einen Vorteil hatte der Regen allerdings – er brachte die schreienden Drachen zum Schweigen, die in den gigantischen Käfigen unten im Hof gefangen saßen. Drachen neigen nämlich dazu, jeden Regen durchzuschlafen. Ihre Haut ist Wasser abweisend, deshalb können sie ihre Flügel wie Schirme über sich ausbreiten und darunter hübsch trocken schlafen.

Der Kerker hoch oben im Turm war kalt und kahl, aber wenigstens war er trocken. Den jungen Wikingern hatte man erlaubt, die Schilde und Schwerter zu behalten, damit sie für ihren Auftritt in der Arena am Samstag, dem Saturnstag, üben konnten.

Jeden Tag brachte ihnen ein Soldat das Essen. Es gab genug zu essen, obwohl es für Hicks' Geschmack ein wenig zu üppig war. Spanferkel mit einer Füllung aus Wühlmäusen, die wiederum mit Babyfroschhackfleisch à la Carbonara gefüllt waren, wurden zusammen mit in Napfschneckencreme gebratenen Austern serviert. So etwas ist sicherlich nicht jedermanns Geschmack. Aber keiner konnte etwas essen, als man ihnen gebratene Drachenpastete oder panierte Gewöhnliche-oder-Feld-drachenschnitzel brachte.

Ohnezahn aß sowieso kaum etwas. Hicks musste ihn ständig überreden, aber Ohnezahn hielt verächtlich die Nase in die Luft.

»Römisches Fressen ist zum Ko-Ko-Kotzen«, verkündete er. »Zu viel K-K-Knoblauch. Ohnezahn will Makrelen.«

Kamikazzi erarbeitete derweilen immer neue Ausbruchspläne. Alle waren gleichermaßen und vollständig verrückt.

Beim ersten Plan brachte sie Hicks und Fischbein dazu, ihre Westen zu einem langen Seil zu verknoten. An das eine Ende band sie einen Fischkopf und das andere band sie an eine der Gitterstangen vor dem Fenster. Dann verbrachte sie drei Nächte damit, den Fischkopf unablässig aus dem Fenster zu werfen, in der Hoffnung, einen vorbeifliegenden Drachen zu veranlassen, den Fischkopf zu schnappen. Endlich wurde ihre Geduld belohnt – der Fischkopf wurde von einem hungrigen Gronckel geschnappt, der damit davonflog. Das Seil spannte sich und brach tatsächlich die Stange aus der Mauer, bevor es riss.

Ohne eine Sekunde zu zögern, quetschte sich Kamikazzi zwischen den übrigen Gitterstäben hindurch und seilte sich ab, musste aber dann feststellen, dass das Westenseil zwanzig Meter über dem Boden aufhörte. Sie baumelte daran, solange sie sich festhalten konnte, doch irgendwann musste sie loslassen und stürzte auf einen fetten Wachsoldaten, der mit einem Dutzend Kameraden unter einem großen Schirm mit Würfeln spielte.

Danach wurden sie in einen anderen, angeblich sichereren Kerker im Erdgeschoss umquartiert.

Ein kleiner Rückschlag, aber der konnte Kamikazzi nicht davon abhalten weiterzumachen. Vier Tage lang buddelte sie mit ihrem Helm als Schaufel einen Tunnel aus dem Kerker. Unglücklicherweise grub sie sich genau unter dem Badezimmer des Präfekten ans Tageslicht hinauf. Dort wurde sie von einem splitterfasernackten Dicken Präfekten entdeckt, der sofort nach Verstärkung brüllte. Die Gefangenen wurden wieder in das obere Turmzimmer umquartiert, wo man inzwischen die fehlende Eisenstange im Fenster ersetzt hatte.

Ihr dritter Plan war der verrückteste von allen.

Sie überfiel den Soldaten, der ihnen jeden Tag das Essen brachte, indem sie ihm das Tablett auf den Kopf knallte und ihn damit ausschaltete.

Sie plante, ihm die Uniform abzunehmen und sich als römischer Soldat auszugeben.

»Das funktioniert nie und nimmer«, wandte Hicks ein.

»Sie fassen dich bestimmt sofort wieder. Erstens bist du ein Mädchen. Und zweitens bist du höchstens eins zwanzig. Es gibt keine eins zwanzig großen römischen Legionäre. Die nehmen solche Winzlinge wie dich erst gar nicht in das Heer auf.«

»Verdammt, immer kommst du mir mit deinen ewigen

PROBLEMEN«, schimpfte Kamikazzi und setzte sich probeweise den Helm des Soldaten auf. Er war so groß, dass er ihr über die Augen rutschte; sie konnte praktisch nichts mehr sehen.

»Und sei dir klar darüber, dass sie wirklich BÖSE sein werden, weil du einen ihrer Leute niedergeschlagen hast«, fuhr Hicks fort und betrachtete den Soldaten, der in seiner römischen Unterwäsche friedlich auf dem Boden schlummerte.

»Warum machst DU dir nicht endlich mal was klar?«, fauchte Kamikazzi zurück. »Schau dich nur mal an, wie du den ganzen Tag aus dem Fenster starrst. Dein Vater WIRD NÄMLICH NIEMALS KOMMEN ...«

Hicks zuckte zusammen. »Er kommt«, murmelte er trotzig.

Kamikazzi verdrehte nur die Augen und versuchte sich die Ärmel viermal hochzukrempeln. Auch die Tunika war viel zu lang und sie schleppte sie hinter sich über den Boden. Sie sah wie eine sehr kleine Militärperson in einem Hochzeitskleid aus.

»Die große KAMIKAZZI wird bald zu Hause sein, Jungs, während ihr beide am Saturnsamstag von den Gladiatoren auseinandergenommen werdet ...«

Sie ging drei Schritte und fiel flach auf den Bauch. Die Jungen versuchten ihr Lachen zu unterdrücken.

Mit sehr viel Würde erhob sich Kamikazzi wieder. Sie raffte die Vorderseite der Tunika hoch und sah jetzt erst recht wie eine Braut aus. »Niemand kann eine Sumpfdiebin hinter Schloss und Riegel sperren!«, sagte sie, nahm den Schlüssel aus der Tunikatasche und schloss die Zellentür auf. Mit lautem Kleidergeraschel verschwand sie.

Hicks schaute wieder zum Fenster hinaus.

»Er wird bald kommen …«, sagte er. Der Regen wurde so heftig durch das Fenster geblasen, dass Hicks seinen gewöhnlichen Beobachtungsposten hatte räumen müssen.

Aber jetzt starrte er zwischen den Gitterstäben hindurch und suchte, suchte, suchte den Horizont nach Segeln ab, die nirgends zu sehen waren. Nur Regen, endloser, trostloser Regen, der erbarmungslos auf das Meer fiel, auf die Felsen trommelte, das Heidekraut überschwemmte und den armen Legionären in den Kragen troff, die in aufgeweichten Sandalen im schwarzen Schlamm Wache standen und von der hellen, warmen Sonne über *Roma* träumten.

Der Wind heulte über den Ozean, über die grimmigen schwarzen Felsklippen, durch die Tore und Höfe des Römerforts. Und als er den dichten Regen massenweise durch das kleine Fenster trieb, schien er zu antworten: »… aber er kommt spät …«

Kamikazzi wurde an diesem Abend nicht mehr zurückgebracht. Hicks und Fischbein fragten sich erstaunt, ob sie es dieses Mal wirklich geschafft hatte auszubrechen.

Aber der Soldat, der ihnen jeden Tag das Essen brachte, erklärte ihnen grimmig, dass sie zwei Sekunden nach Verlassen des Turms wieder eingefangen worden sei und dass sie drei Tage Einzelhaft bekommen habe.

»Und das ihr geschehend recht, das kleine Barbarin!«, knurrte der Soldat und betastete vorsichtig die große Beule auf seinem Kopf.

»Drei Tage!«, rief Fischbein aufgeregt. »Das heißt, wir haben drei Tage lang Ruhe und Frieden in der Zelle.«

»Kamikazzi ist eigentlich ganz in Ordnung«, sagte Hicks. »Aber sie ist eben sehr von sich überzeugt und hört nie auf zu quasseln. Ich freue mich wirklich auf eine nette, ruhige Nacht.«

15. DIE HAIWÜRMER KOMMEN

Die lange Nacht zog sich schier endlos dahin, doch in den finsteren Gewässern rund um das Fort Finstericum ereignete sich etwas Seltsames und Furchterregendes.

Der Regen fiel ohne Unterlass und vor mehreren Tagen schon waren die beheizten Bäder des Dicken Präfekten übergelaufen und schickten einen ständigen Strom warmes Wasser über die Felsen ins Meer hinunter.

Ein Warmwasserstrom, der gewisse unwillkommene Besucher anlockte …

HAIWÜRMER.

Von fern und nah kamen die Haiwürmer. Furchtbare Kreaturen wie aus einem Albtraum, aber, so fürchte ich, nur allzu echt. Sie wurden nicht nur von der gewaltigen Kraft ihrer haiähnlichen Schwanzflosse vorangetrieben, sondern auch von ihren dicken, muskulösen Alligatorbeinen, die durch das Wasser pflügten und sie beträchtlich schneller machten als gewöhnliche Haie.

Und sie schwammen direkt auf Fort Finstericum zu – nicht nur einzeln oder zu zweien, sondern zu Zehntausenden. Und als am Tag vor dem Saturnsamstag die Sonne endlich durch die Wolken brach, war das ganze Meer rings um das Fort Finstericum ein einziges Gewimmel von schwarzen Rückenfinnen mit gezackten Rändern, die wie schwimmende

Geier um das Inselfort kreisten. Es war, als warteten sie auf etwas.

Haiwürmer sind eine uralte Tierart und niemand weiß, in welchen dunklen und furchtbaren Höllenfeuern vor Unzeiten ihre Gehirne und Instinkte zusammengebraut worden waren. Sie wussten nicht, worauf sie warteten, sie nahmen nur den Duft warmen Wassers wahr, witterten Eingeweide und Blut, das nur noch darauf wartete, verspritzt und vergossen zu werden, und fühlten, dass es schon bald große Schwierigkeiten geben würde.

Also warteten sie, geduldig und gierig, warteten und warteten und warteten … auf irgendein grausames, grauenhaftes Ereignis, das sich in der nächsten Zukunft zutragen würde – und das ihnen endlich ihr Abendessen verschaffen würde.

16. NOCH SO EIN SCHLAUER, ABER ZIEMLICH VERZWEIFELTER PLAN

Kamikazzi wurde am Tag vor dem Saturnsamstag wieder in die Zelle zurückgebracht.

Sie war nicht mehr so fröhlich wie früher. Sondern sie hing in der Zelle herum und seufzte unaufhörlich. Selbst Fischbein begann sich Sorgen um sie zu machen. Kamikazzi setzte sich sogar neben Hicks an das vergitterte Fenster.

»Vielleicht«, sagte sie traurig, »vielleicht kann man eine Sumpfdiebin *doch* hinter Schloss und Riegel sperren. Ich verstehe es einfach nicht. Schließlich bin ich die MEISTERAUSBRECHERIN – kein Kerker kann mich hindern ...«

»Die Römer bauen ziemlich gute Kerker«, antwortete Hicks.

»Nur TOTE Römer sind GUTE Römer«, gab Kamikazzi traurig zurück.

Hicks seufzte. »Das stimmt nicht. Ich bin sicher, dass es Massen von guten Römern gibt. Aber alle guten Römer sind wahrscheinlich brav und zufrieden in Rom mit ihren eigenen Angelegenheiten beschäftigt. Und außerdem ist Alwin gar kein Römer, er ist ein Wikinger, genau wie wir.«

»Dein Vater schickt KEINEN Rettungstrupp, verstehst du, Hicks«, sagte Kamikazzi sanft.

Hicks schaute zum Fenster hinaus. Kamikazzi hatte recht. Sein Vater kam nicht.

»Okay«, sagte Hicks, nur damit sie nicht verzweifelten. »Ich glaube, es wird langsam Zeit, dass wir mal wieder einen Plan entwickeln.«

»Ich weiß, was wir tun werden!«, rief Kamikazzi, sprang auf und riss mit ihrem früheren Mut ihr Schwert aus der Scheide. »Wir üben Schwertkampf! Denn wenn wir schon sterben müssen, dann sterben wir wenigstens mit STIL!«

»Nein«, sagte Hicks.

»Aber du bist doch ein großartiger Schwertkämpfer – für einen *Jungen,* meine ich …«, sagte Kamikazzi enttäuscht.

»Ich kämpfe nur mit dem Schwert, wenn es einen Wert hat«, sagte Hicks. »Nein – hier ist mein Plan. Ich kenne da einen Drachen namens Zickarastika, der mir noch einen Gefallen schuldig ist …«

»Oooooh, Zickarastika – das klingt aber richtig Furcht einflößend«, sagte Kamikazzi. »Und du glaubst, dass der uns HELFEN kann?«

»Weiß ich nicht«, gestand Hicks.

Hicks kam sich ziemlich dumm vor, jemanden zu rufen, der nicht im Raum oder überhaupt in Hörweite war, aber er tat es trotzdem und brüllte dreimal »ZICKARASTIKA!«, so laut er nur konnte.

»Und WIE soll eigentlich dieser Drache hier HEREINkommen, wenn nicht mal wir HINAUSkönnen?«, wollte Kamikazzi wissen.

»Du wirst schon sehen«, antwortete Hicks.

Drei Stunden lang geschah rein gar nichts. Im tiefsten Innern erwartete Hicks eigentlich nicht, dass sein Plan funktionieren würde; er hatte nur Kamikazzi ein wenig aufmuntern wollen. Aber dann hörte er plötzlich ein ganz leises Rascheln und schon flatterte der winzige schwarz-rote Drache durch das Doppelgitter am Fenster und schwirrte in der Zelle umher.

»Jetzt sag mir bloß nicht«, stöhnte Kamikazzi, *»BITTE* sag mir bloß nicht, dass DAS der Drache ist, der dir einen Gefallen schuldet ...«

»Aber sicher«, antwortete Hicks voller Staunen, »das ist er tatsächlich. Höchst erstaunlich, dass er kommt, wenn ich ihn rufe!«

»Dieser Drache«, stellte Fischbein tief besorgt fest, »ist sogar noch winziger als Ohnezahn – und der soll uns deiner Meinung nach helfen können, stimmt's? Das gesamte Heer des römischen Imperiums wird also vor Schreck aus den Latschen kippen, wenn sie einen Drachen von der Größe eines Mistkäfers bemerken, richtig? Wie kann uns denn ein solcher Winzigdrache dabei helfen, es mit einer ganzen römischen Legion aufzunehmen?«

»Was hast du denn erwartet?«, fragte Hicks. »Einen

Seedrachen Giganticus Maximus? Warte, Ohnezahn – he, was machst du denn?«

Ohnezahn belauerte Zickarastika wie eine Katze eine Maus.

»Ohnezahn, stopp!«, brüllte Hicks. »Du darfst ihn nicht fressen, er ist unsere einzige Chance, hier lebend rauszukommen!«

Aber Ohnezahn hatte schon seit Wochen keine Jagd mehr genießen können. Er jagte den kreischenden Zickarastika durch die Zelle, bis er ihn endlich in einer Ecke zwischen Wand und Decke stellte und seine zahnlosen Kiefer um ihn zuschnappen ließ.

Ohnezahn schwebte knapp außerhalb der Reichweite; eine Backe war stark ausgebeult und aus seinem Mund ragte Zickarastikas wild zuckender Schwanz heraus.

»Spuck ihn aus!«, heulte Hicks und versuchte verzweifelt hochzuspringen und Ohnezahn am Schwanz zu packen.

»Ich meine, was ich sage, Ohnezahn, das ist kein Spiel ... unser Leben hängt von diesem Nanodrachen ab!«

Ohnezahn warf ihm einen bösartigen Blick zu und zischte in eine andere Ecke.

Die anderen jagten ihn nun ebenfalls, sprangen hoch, als Ohnezahn von einer Seite zur anderen und kreuz und quer durch den Raum schwirrte, wobei er vor

Vergnügen laut quietschte. Kamikazzi stieg auf Fischbeins Schultern, während Hicks auf einem Stuhl stand und versuchte, Ohnezahn mit einem Besen zu ihr zu drängen.

Leider verfehlte er den Drachen und der Besen krachte stattdessen gegen Kamikazzi und Fischbein, wodurch Fischbein gegen den Stuhl stolperte, auf dem Hicks stand, und so fielen sie alle in einem wilden Durcheinander auf den Boden.

Ohnezahn vollführte vor lauter Schadenfreude Purzelbäume in der Luft. Er lachte so sehr, dass er beinahe Zickarastika fallen gelassen hätte. So viel Spaß hatte er schon seit einer Ewigkeit nicht mehr gehabt.

»Okay«, sagte Hicks leise zu den beiden anderen. »Ich versuch's mal mit einer neuen Taktik ... Also«, fuhr er laut fort, »wir haben jetzt wirklich keine Zeit mehr für solchen Blödsinn. Achtet einfach nicht mehr auf Ohnezahn und kommt her, damit ich euch meinen Rettungsplan erklären kann.«

»Oh, ich verstehe«, sagte Fischbein.

Fischbein und Kamikazzi und Hicks steckten die Köpfe eng zusammen und Hicks begann laut zu flüstern. Ohnezahn schwebte noch an der Decke und gab sehr unanständige Furzgeräusche von sich.

Niemand achtete auf ihn.

Doch schließlich gewann seine Neugier die Oberhand. Er flatterte hinunter, um ein wenig näher zu kommen und hören zu können, was besprochen wurde – und schon sprang Kamikazzi mit einem Satz aus der Dreiergruppe und packte ihn.

»HA!«, rief Hicks triumphierend und starrte den sich heftig wehrenden kleinen Drachen streng an. »Also, Ohnezahn – lass ihn frei!«

Ohnezahn schielte und machte ein lautes Schluckgeräusch tief in der Kehle, als würde er den Nanodrachen hinunter…

»Grrrrrrrrrh!«, brüllte Hicks, außer sich vor Wut.

Ohnezahn spuckte Zickarastika auf den Boden. »War nur 'n Witz …«, sagte er.

Zickarastika war ZORNIG.

Hicks hob ihn auf und setzte ihn vorsichtig auf den Tisch. Fünf Minuten lang weigerte sich der Allesbeherrscher des Nanoweltreiches, auch nur ein Wort zu reden. Er war vollauf damit beschäftigt, seine seidig glänzenden Flügel auszuschütteln und voller Ekel den Ohnezahn-Speichel von seinem Körper zu wischen.

»Das mit Ohnezahn tut mir wirklich sehr leid, Eure Hoheit«, sagte Hicks, weil er meinte, dass jetzt ein wenig Schmeichelei angebracht sei.

Zickarastikas Stimme klang eisig. »Wenn ich dir nicht einen Gefallen schuldig wäre, Oh-Junge-mit-dem-Geiergesicht«, spuckte er voller Verachtung aus, »wäre dieser Drache jetzt Vergangenheit.«

Ohnezahn lachte verächtlich. »Was würdest d-d-du

denn machen, oh du hartes B-B-Bürschchen? Ohnezahn to-to-totkitzeln?«

»Halt die Klappe, Ohnezahn«, befahl Hicks. »Danke, dass Ihr gekommen seid, Zickarastika. Und Ihr seht heute wirklich sehr, sehr prächtig aus, wenn ich das sagen darf ... Ihr habt wahrhaft königliche Beine ...«

Zickarastika wirkte bereits ein wenig weniger böse. Er betrachtete seine königlichen Beine mit Wohlgefallen.

»Und Eure Flügel! Die feinsten Flügel, die ich je gesehen habe! Ich werde gleich erklären, worum ich Eure Hoheit bitten möchte ...« Und Hicks erklärte dem Nanodrachen seinen schlauen, aber wahrhaft verzweifelten Plan.

Danach schwieg der Nanodrache eine Weile.

»Das«, sagte er schließlich, »ist wahrlich ein grauenhaft schlechter Plan.«

»Hätt ich dir schon vorher sagen können«, warf Ohnezahn ein. »Hicks' Pläne sind immer grauenhaft schlecht.«

»Aber du lebst noch, oder?«, fauchte Hicks.

»Außerdem«, fuhr der Nanodrache fort, »sind das eigentlich zwei Gefallen und ich schulde dir nur einen.«

»Aber denkt doch nur, wie wütend der Dicke Präfekt sein wird«, flehte Hicks.

Der Nanodrache dachte eine Weile darüber nach.

Dann schüttelte er seine schwarz-rot gefleckten Flügel aus und Hicks glaubte die Spur eines Grinsens auf seinem winzigen Gesicht zu sehen.

»Gut denn«, sagte Zickarastika schließlich. »Ich mache es. Aber schieb mir nicht die Schuld zu, wenn es schiefgeht ... Und übrigens, Oh-Junge-mit-Kartoffelnase, deine Freunde sind noch hässlicher als du! Warum nur lässt du dich mit solchen Leuten ein? Noch nie in meinem Leben hab ich jemand getroffen, der einer Zitronenflunder so ähnlich sieht wie der hier!« Und er deutete frech mit einem Flügel auf Fischbein.

Und damit wedelte der Nanodrache angeberisch mit dem Hintern und flog durch das Fenster hinaus.

»Macht er mit bei unserem Plan?«, wollte Kamikazzi wissen.

Hicks nickte und versuchte, so zuversichtlich wie möglich zu wirken, um die anderen zu ermutigen.

»Allerdings«, sagte er, »glaube ich nicht, dass sie bei diesem Wetter die Gladiatorenschau überhaupt abhalten können. Ich habe die Arena vom Fenster aus gesehen – sie ist kniehoch überflutet –, der Boden ist viel zu nass und schlüpfrig für einen Gladiatorenkampf. Wenn wir Glück haben, zwingt sie der Regen, die ganze Sache abzusagen!«

17. DIE SATURNSAMSTAG-SPIELE

Am nächsten Tag war Saturnsamstag. Zum ersten Mal seit einer Woche hörte der Wind auf und die Wolken verzogen sich. Es wurde ein wunderbarer Tag, genau richtig für ein Fest, und der Himmel lachte in hellem Blau und weit und breit war kein Regen zu sehen. Seit ungefähr zehn Uhr vormittags beobachtete Hicks, wie das Amphitheater für den Zirkus vorbereitet wurde. Die Zuschauerränge wurden mit römischen Flaggen geschmückt. Über dem für den Präfekt und seine Gefolgschaft vorgesehenen Balkon errichtete man ein Zeltdach und die Sitze wurden mit großen Kissen belegt. Metallnetze wurden über und um die Arena gespannt, um die mitwirkenden Drachen daran zu hindern, zu fliehen oder das Publikum anzugreifen und aufzufressen.

Schon früh füllten sich die Ränge des Amphitheaters mit Zuschauern, die sich einen guten Platz sichern wollten. Die meisten waren Soldaten, Köche oder Zimmerleute, die diesen Nationalfeiertag freibekommen hatten. Im Amphitheater konnten sie Nahrung und Wein kaufen, um sich die Stunden zu vertreiben; deshalb war die Atmosphäre bereits sehr lebhaft, als die Vorführungen endlich begannen, und alle grölten Lieder oder tanzten sogar auf den Sitzen.

Schlag zwei Uhr marschierte ein Fanfarenzug durch

die Arena und zum Zeltpavillon des Präfekten hinauf – einer luxuriös ausgestatteten Sitzreihe, die mit römischen Fahnen und den Standarten des Imperiums geschmückt war. Sie bliesen eindrucksvoll in ihre Fanfaren und alle wurden still und erhoben sich, als der Präfekt mit seinem Gefolge das Amphitheater betrat. Der Dicke Präfekt ging voraus; er wabbelte sehr langsam vorwärts. Zwei Sklaven stützten ihn an den Ellbogen und einer trug seine Bauchfalten. Alle paar Schritte musste der Präfekt stehen bleiben, um wieder zu Atem zu kommen.

Er sah nicht sehr gesund aus. Der Dicke Präfekt war vom Kopf bis zu den Zehen mit sehr hässlichen roten Flecken und eitrigen Pickeln bedeckt. Als die Sklaven ihn endlich auf seinem Sitz hatten, wechselten sie sich dabei ab, ihn an den verschiedenen Körperstellen zu kratzen. Sie benutzten dafür ein Instrument, das wie eine lange Gabel mit kleinen Drachenklauen an den Zinken aussah. Das schien ihm ein wenig Erleichterung zu verschaffen. Seinem ständigen Kratzen und Zucken nach zu urteilen, hatte er aber trotzdem noch beträchtliche Beschwerden. Nebenher nahm er einen leichten Imbiss zu sich – einen Doppelten Reptilburger mit einer pikanten Napfschnecken-Wühlmaus-Soße und frittierten Popdrachen als Beilage.

Neben ihm saß Alwin der Verräter. Zwei Sklaven brachten den Zeremonialschild der Legion herein, prächtig verziert mit einem goldenen Adler, der einen Fisch im

Schnabel hielt; ein weiterer Fanfarenstoß erscholl. Alwin der Verräter schlug dreimal mit seinem Goldhaken auf den Zermonialschild.

»Ich erkläre hiermit die Spiele zum Saturnsamstag für ERÖFFNET!«, brüllte Alwin der Verräter. »Freunde, Mitbürger Roms! Verfolgt unseren Zirkus und ERSTARRT IN EHRFURCHT vor dem Ruhm des römischen Weltreichs! Zu eurer Unterhaltung haben wir diesen Nachmittag unter das Motto gestellt: ›DIE SCHWACHEN STERBEN – DIE STARKEN ÜBERLEBEN!‹«

Die Zuschauer brachen in den ersten heftigen Beifallsturm aus.

Dreihundert wunderschöne Tauben, die in allen Farben des Regenbogens schillerten, wurden in die Arena gelassen. Die Tauben flatterten aufgeregt durch das Stadion, gurrten und riefen einander.

Plötzlich flogen die vergitterten Tore auf und das Gurren der Tauben verwandelte sich unvermittelt in Angstschreie. Unter dem Jubel und dem Spott des Publikums glitten fünfzig kleine Wechselbalgdrachen durch den matschigen Boden der Arena und ihre grünlichen Augen glitzerten gemein und gierig.

Wechselbalgdrachen sind nicht besonders groß, dafür aber äußerst bösartige Rudeljäger. Außerdem sind sie Chamäleons. In diesem Moment hatten sie alle genau die Farbe des aufgeweichten Arenabodens, auf dem sie daherkrochen.

In ihrer Angst warfen sich die Tauben gegen das Gitter, mit dem die Arena überspannt war, aber es gab kein Entkommen.

Die Wechselbalgdrachen stiegen vom Boden hoch. In der Luft krochen sie fast genauso wie am Boden, wie eine ganze Armee von Katzen, die den Spatzen nachstellten. Als sie aufstiegen, nahmen sie allmählich die hellblaue Farbe des Himmels an, und die Tauben flatterten hektisch und in totaler Verwirrung hin und her, bis der Rudelführer der Wechselbalgdrachen das Zeichen zum Angriff gab.

Kaum eine Minute später war die Luft voller bunter Federn und Blutgestank und es war keine einzige Taube im ganzen Stadion mehr am Leben.

Zur Feier ihres Sieges nahmen die Wechselbalgdrachen die Farbe der Taube an, die sie gerade gefressen hatten. Damit boten sie einen wunderbar farbenfrohen Anblick, während sie durch die Luft zischten, siegreich triumphierend kreischten, Saltos schlugen und sich spielerisch jagten und ganz allgemein eine Dankeshymne für die Mahlzeit sangen, die sie gerade genossen hatten.

Und dann öffneten sich die Tore erneut … und der Triumphgesang der Wechselbalgdrachen brach abrupt ab. Ihre Haut wurde plötzlich wieder himmelblau. Jetzt waren sie an der Reihe, sich verzweifelt gegen das Metallgitter zu werfen und entdecken zu müssen, dass sie in der Falle saßen.

Denn jetzt krochen zwanzig schwer gepanzerte schwarze Blitzzahndrachen in die Arena. Ihre rasiermesserscharfen Zähne glitzerten in der Sonne und ihre Krallen verursachten ein hässliches Schlitzgeräusch auf dem Boden. Die Zuschauer lachten grausam über die Todesangst der Wechselbalgdrachen, die innerhalb von ein paar Sekunden von Jägern zu Gejagten geworden waren. Am Kerkerfenster hoch oben im Turm konnte Hicks nicht mehr zusehen. Er wusste, dass ein Wechselbalg für einen Blitzzahndrachen kein Gegner war. Schmerzlich seufzend trat er vom Fenster weg.

Ohnezahn hatte nur einen einzigen Blick auf die Blitzzahndrachen geworfen und war dann kopfüber in Hicks' Hemd abgetaucht.

Die Tür der Zelle flog mit lautem Krachen auf. Der erste Kidnapper trat ein, gefolgt von zwanzig schwerstbewaffneten Soldaten.

»Es sei die Zeit kommend für eure große Tag im Zirkus«, strahlte der Erste Kidnapper.

»Dann mal los«, sagte Kamikazzi grimmig. »Lasst uns wie HELDEN dem sicheren Tod ins hohle Auge blicken.«

»*Sicher* ist uns der Tod nicht«, widersprach Hicks. »Vergiss nicht, dass ich einen Plan habe.«

»Damit meinst du vermutlich den genialen Plan, dass wir in letzter Sekunde durch einen größenwahnsinnigen Drachen von der Länge einer Amöbe gerettet werden?«, fragte Fischbein.

Die Soldaten führten die Gefangenen die Turmtreppe hinunter, quer durch mehrere Höfe und dann eine lange Treppe hinab, die so schlüpfrig war, dass Hicks ausrutschte und sich eine Schürfwunde am Schienbein zuzog. Die Stufen endeten in einer unterirdischen Kammer, wo ein Wikingerboot auf die Seite gekippt am Boden lag und an einem Landesteg vertäut war. Auf einer Seite lasen sie den Namen: *Walhalla-Express*.

Dann füllte sich die Kammer langsam mit Wasser – eine Schleuse in einer der Wände hatte sich geöffnet und Meerwasser flutete herein.

»Bitte seid einsteigend«, grinste der erste Kidnapper. Kamikazzi konnte es kaum glauben. »Was meinst du – lassen sie uns frei?«, fragte sie Hicks erstaunt.

»Keine Chance«, antwortete Hicks grimmig. »Schau doch, sie haben die Schleuse zur Arena geöffnet – der Boden in der Arena ist wahrscheinlich für einen Schwertkampf zu schlammig und ungeeignet, deshalb fluten sie die Arena. Ich dachte mir schon, dass sie so etwas machen würden ... Wir dürfen bei einer Seeschlacht mitwirken, zum Gaudium der Römer.«

»Und was ist mit den B-B-Blitzzähnen?«, kam Ohnezahns zittrige Stimme von irgendwo tief in Hicks' Hemd.

»Die werden im Wasser ertrinken«, erklärte Hicks, »sie können nämlich nicht schwimmen ... Also – wogegen sollen WIR dann kämpfen? Vermutlich gegen ein

Boot voller römischer Gladiatoren – ich hab schon mal was von solchen Seeschlachten gehört …«

Der Erste Kidnapper lachte. »Wartend ab und sehend«, riet er. Die drei Wikinger und Ohnezahn saßen inzwischen im Boot; die unterirdische Kammer war etwa kniehoch geflutet und das Boot schwamm bereits. Der Kidnapper winkte ihnen fröhlich Lebwohl zu und kappte das Seil, mit dem die *Walhalla-Express* am Steg vertäut gewesen war.

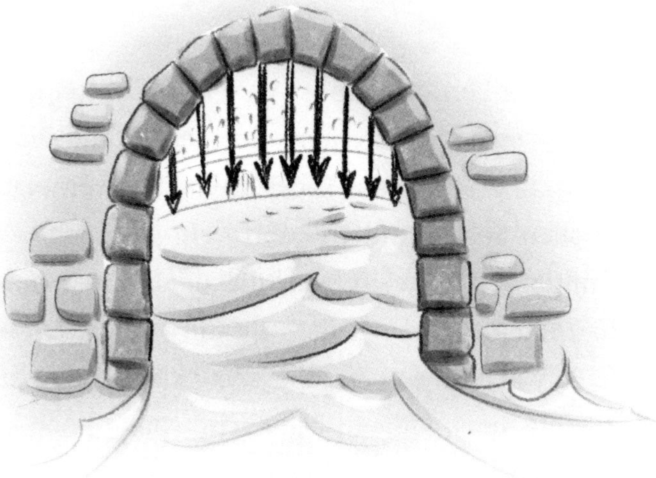

18. WALHALLA-EXPRESS

Von der starken Strömung mitgerissen, schoss die *Walhalla-Express* durch den Tunnel hinaus. Der Tunnel endete an dem Schleusentor, das zum Amphitheater führte – und das Tor stand weit offen. Die *Walhalla-Express* segelte in die Arena hinaus – ein glorioser Anblick, da die Arena jetzt drei Meter hoch unter Wasser stand. Das Amphitheater wurde von gewaltigem Jubel erschüttert.

»FREUNDE, MITBÜRGER ROMS!«, brüllte Alwin der Verräter vom Pavillon des Präfekten herunter. »ICH DARF EUCH ANKÜNDIGEN: DAS STOLZE WIKINGERSCHIFF *WALHALLA-EXPRESS*, DIE ERBEN DER ÖRTLICHEN STÄMME DER RAUFBOLDE UND DER SUMPFDIEBE UND IHREN ARMSELIGEN LIEBLINGSDRACHEN OHNEZAHN, DER HEUTE UND FÜR ALLE ZEITEN BITTER BEREUEN WIRD, IN MEINEN HELM GESCHISSEN ZU HABEN!«

Alwin der Verräter genoss es sehr, im Mittelpunkt der Aufmerksamkeit zu stehen. Ohnezahn stand ihm darin nicht nach; er kroch aus Hicks' Hemd und verneigte sich nach allen Seiten und vollführte ein paar Saltos in der Luft unter dem begeisterten Jubel der Menschenmassen. Er hatte keine Ahnung, dass sie ihn auslachten, weil er so klein war, und so blähte er seine kleine Brust auf und schnaubte seine kleinen Flämmchen aus seinen kleinen Nüstern und feierte sich selbst mit einem schrillen Hahnenschrei.

»Aber warum«, überlegte Hicks, der eine Hand im Wasser treiben ließ, »*warum* ist das Wasser hier so warm? Ich vermute, es kommt von den Bädern des Präfekten ...«

Kamikazzi zog theatralisch ihr Schwert Unbesiegbar.

»LACHT ihr uns aus, ihr lateinischen Feiglinge?«, schrie sie. »Kommt hier *runter,* wenn ihr es wagt! Dann werden wir schon sehen, wer dann noch lacht, ihr Drachenfresser, ihr jämmerlichen Windelpisser –«

Die Menschenmassen BRÜLLTEN so vor Lachen, dass sie sich förmlich auf den Sitzen wälzten. »Schaut euch das an«, schrien sie einander zu und hieben sich begeistert auf den Rücken, sodass ihr Drachenzehenpopcorn durch die Luft wirbelte, »das ist ja ein kleines blondes WIKINGERMÄDCHEN! Die Wikinger sind so schwach, dass sie sogar MÄDCHEN zu ihren Stammeserben einsetzen! Das ist zu *komisch,* um wahr zu sein ...«

Kamikazzi verstand zwar kein Latein, aber sie konnte

sich denken, was die Leute sagten. Sie lief so rot an wie ein Hummer im Topf und schrie aus voller Lunge: »Ich werde euch ALLE TÖTEN! ICH WERDE EUCH AUFSCHNEIDEN, VON EUREN GLUBSCHAUGEN BIS ZU EUREN WASSERPFEIFEN! KOMMT RUNTER UND SCHAUT, WIE EIN *MÄDCHEN* KÄMPFT, WENN IHR ES WAGT!«

Die Menge rastete schier aus vor Lachen.

»Komm, mach schon vorwärts, Alwin!«, rief Hicks. »Schick endlich deine Gladiatoren heraus, damit wir's ihnen ordentlich zeigen können!«

»Ja, mach schon vorwärts, Präfekt«, gähnte der Dicke Präfekt. »Ich will endlich sehen, wie der kleine Berserker zum Berserker wird … und diesen berühmten Krieger endlich im Kampf …«

»HICKS DER HARTNÄCKIGE VOM HAUENSTEIN DER DRITTE!«, brüllte Alwin. »BEREITE DICH AUF DEIN ENDE VOR! SOLDATEN, ÖFFNET DAS TUNNELTOR!«

Und mit einem lauten Knarren und Kettenrasseln begann sich das Fallgitter, das einen zweiten Tunneleingang verschlossen hatte, zu heben …

19. JETZT GIBT'S ECHT ÄRGER

Der Tunnel stand weit offen, aber von einem römischen Boot voller schwerst bewaffneter Gladiatoren war nichts zu sehen.

»Was geht jetzt ab?«, kreischte Fischbein entnervt. »Wo sind die Gladiatoren?«

Hicks starrte intensiv in den dunklen Tunnel. Immer noch schien sich darin nichts zu regen. Alles, was herauskam, waren vier lange dunkle Wellen – eigentlich nicht viel mehr als ein leichtes Kräuseln.

Die kleinen Kräuselwellen liefen bogenförmig in die Arena. Langsam, lässig, begannen sie um das Boot zu kreisen.

Das ist aber seltsam, dachte Hicks, und gerade als er angestrengt eine der dunklen Wellen anstarrte, brach etwas scharf und klar durch die Wasseroberfläche.

Eine schwarze Finne, mit gezackten Rändern wie ein Brotmesser.

»HAIWÜRMER!«, schrie Fischbein. »Ich wusste es! Ich wusste es einfach! Ich wusste, dass wir es irgendwann mit diesen Monstern zu tun bekommen würden …«

»IHR SEHT, WIR KÖNNEN EUCH HEUTE KEINE GLADIATOREN ANBIETEN!«, dröhnte Alwins Stimme von oben herab, aus der sicheren Entfernung der Präfektenloge.

»DU BIST HIERZULANDE ALS DRACHENZÄHMER BE-

KANNT, HICKS – JETZT LASS MAL SEHEN, WIE DU DIESE KLEINEN SCHÖNHEITEN ZÄHMST …«

»Gehört das zu deinem Plan?«, fragte Kamikazzi hoffnungsvoll.

»Nicht so recht«, gestand Hicks. »Hatte eigentlich Gladiatoren erwartet – das hier soll ja schließlich eine Gladiatorenschau sein …«

»Komm zur Sache«, sagte Kamikazzi. »Kannst du nun die Viecher zähmen oder nicht?«

»Was, in den nächsten sechzig Sekunden?«, gab Hicks zurück. »Eher nicht. Außerdem lassen sich Haiwürmer nicht zähmen. Das Wichtigste ist – hat jemand hier eine Wunde?«

»DU hast eine«, verkündete Fischbein. »DU bist nämlich auf der Treppe gestürzt, weißt du noch?«

»Großartig«, stöhnte Hicks und starrte auf die Schürfwunde an seinem Knie hinunter, »unser Glückstag heute. Also, jetzt bleibt uns nur noch eins. Keine Panik, Leute, ich rufe – ZICKARASTIKA!«

Nichts geschah.

Die kleinen Kräuselwellen hatten sich inzwischen in vier stattliche Haiwurmfinnen verwandelt und sie kreisten näher und näher an das Boot heran.

»ZICKARASTIKA!«, schrien alle Bootsinsassen gleichzeitig. Ein schwarz-roter Blitz zischte durch die Luft und der winzige Nanodrache erschien aus dem Nichts und landete auf Kamikazzis Kopf.

»Ihr habt gerufen?«, fragte Zickarastika gelangweilt.

»Ja, und es wird auch höchste Zeit«, sagte Hicks. »Wie läuft es mit dem Plan?«

»Es ist ein grauenhaft schlechter Plan«, erklärte Zickarastika, »aber bisher verläuft der Plan plangemäß, sozusagen.«

»Gut! Was jetzt kommt, muss ich allein machen!«, erklärte Hicks den beiden Wikingern. »Rollt mich in das Fass dort drüben und werft mich über Bord!«

»Und was wird aus dem Plan?«, fragte Fischbein.

»Das *ist* der Plan!«, antwortete Hicks.

»Ach so, ich verstehe«, sagte Fischbein, der rein gar nichts verstand. »Als du von einem ›verzweifelten‹ Plan gesprochen hast, hast du also tatsächlich ›verzweifelt‹ gemeint …«

»Aber so ein *Fass* schützt dich nicht vor den Haiwürmern«, protestierte Kamikazzi.

»Hört jetzt endlich auf zu diskutieren und tut, was ich euch sage!«, tobte Hicks. »Die Zeit läuft uns davon – die Haiwürmer können jeden Augenblick an Bord steigen! Sie sind hinter mir und meiner Wunde her …« Tatsächlich waren die Kreise der Haiwürmer immer enger geworden. Fischbein hätte bereits eine der Finnen mit ausgestreckter Hand berühren können. Schnell stopften Fischbein und Kamikazzi Hicks in das Fass und Zickarastika flog zu ihm hinein. Dann zögerten sie.

»Bist du wirklich *sicher,* dass wir dich über Bord werfen sollen?«, fragte Fischbein und beobachtete mit hellem Entsetzen die schwarzen Finnen, die durch die Wasseroberfläche schnitten.

»Absolut sicher«, kam Hicks' Stimme ziemlich gedämpft aus dem Fass.

»Zu den *Haiwürmern?«,* vergewisserte sich Kamikazzi.

»JA, JA, JA! Tut es endlich!«, brüllte Hicks.

Kamikazzi und Fischbein rollten widerwillig das Fass zur Bordswand, hievten es gemeinsam hoch und ließen es ins Wasser fallen. Das Publikum schrie auf.

»BRAVO!«, riefen die Zuschauer, denn Römer bewundern Tapferkeit, selbst wenn es sich um Barbaren handelt.

»Irgendwie echt schade«, flüsterte Kamikazzi. »Er war eigentlich ganz *nett* – obwohl er ja nur ein *Junge* war …« Das Fass hüpfte munter im Wasser.

Fast sofort gaben es die Haiwürmer auf, um das Schiff zu kreisen, und konzentrierten ihre Aufmerksamkeit auf das Fass. Zuerst schwammen sie lässig darum herum, als wollten sie es erst einmal beschnuppern. Doch dann zogen sie immer rascher ihre Kreise und wurden immer begieriger und kamen immer näher …

»Oh, Hi-Hi-Hicks«, stöhnte Ohnezahn, der über dem Fass flatterte und es trotzdem schaffte, sich die Augen mit den Flügeln zuzuhalten. »Ich hoffe, dass dein P-P-Plan gut genug ist …«

Im Fassinneren hoffte Hicks so ziemlich dasselbe. Er hockte bis zur Hüfte im Wasser und konnte nicht über den hölzernen Fassrand blicken. Das Wasser plätscherte unruhig und das Fass schaukelte immer heftiger in den Wellen, die die Schwänze der Haiwürmer verursachten, während sie immer dichter vorbeischwammen.

Hicks bereute bereits seinen blöden Plan. Zum einen konnte er weder etwas sehen noch etwas hören – von seinem wie rasend pochenden Herzen einmal abgesehen. Und dann fing auch noch das Wasser im Fassinnern zu beben an. *Das kommt von dem Lärm, den die Haiwürmer machen, wenn sie sich etwas zurufen,* dachte Hicks und begann völlig unbeherrscht zu zittern.

KRACH!

Das Fass schaukelte wie irre von einer Seite zur anderen und Hicks ergriff mit beiden Händen den Fassrand, um es zu stabilisieren. Er versuchte verzweifelt herauszufinden, woher die Gefahr kam. *Das müssen wohl die Wellen der Haiwurmschwänze gewesen sein,* dachte er, inzwischen vor Angst schier wahnsinnig.

KRACH!

Das Fass wurde wieder herumgewirbelt, dieses Mal noch heftiger. Im Innern vollführte Hicks meh-

rere Purzelbäume und wurde kräftig herumgerollt.

Kamikazzi und Fischbein schauten vom Deck der *Walhalla-Express* zu, die Hände voller Entsetzen auf die Münder gepresst. Sie sahen, dass die Haiwürmer mit dem Fass spielten wie gigantische Katzen mit einer Maus. Ohnezahn führte eine endlose Serie von Angriffssturzflügen im Kamikazestil aus, um die Haiwürmer vom Fass abzulenken, aber sie achteten überhaupt nicht auf ihn.

Sie kickten sich mit gewaltigen Schwanzstößen das Fass zu, aber noch hatten sie es nicht angegriffen. Plötzlich zogen sie sich zurück und gruppierten sich in einem weiten Kreis um das Fass. Im Inneren tauchte Hicks gerade spuckend und hustend an die Wasseroberfläche. Das Fass hörte auf, sich zu drehen, und es wurde wieder still, vom Plätschern der Wellen gegen das Fass abgesehen. Doch Hicks

kannte seine Drachen; er wusste, dass sich die Haiwürmer nur zurückgezogen hatten, um sich zum Großen Letzten Angriff zu formieren.

Es kostete ihn seine ganze Selbstbeherrschung, nicht aus dem Fass zu kriechen und sich auf das Schiff zu retten. Aber er wusste, wenn er das auch nur versuchte, wäre es sein sicherer Tod. Andererseits war es wirklich fürchterlich, nicht sehen zu können, was los war. Es fiel ihm unendlich schwer, ganz still zu bleiben, obwohl er wusste, dass er von den Bestien eingekesselt war, dass sie um ihn kreisten oder unter ihm durchtauchten und jeden Augenblick aus irgendeiner Richtung angreifen konnten …

KRRR-K-K-K-K-KNIRSCH!

Die linke Seite des Fasses wurde wie von einer gewaltigen Faust eingedrückt. Das Holz schien praktisch in zwei Hälften zu zersplittern. Hicks erblickte ganz kurz eine furchtbare Reihe schwarzer Zähne, ganz nahe vor seiner Nase.

»Zickarastika!«, schrie Hicks. »MACH SCHNELL!«

Die Haiwürmer waren jetzt so nahe, dass sie beim Kreisen um das Fass praktisch Schnauze an Schwanz schwammen. Einer stieß wie ein Unterwasser-Feuerspeier einen Flammenstrahl aus und das Fass begann lichterloh zu brennen.

»Und jetzt, oh mein *schlauer* Freund«, verkündete Alwin der Verräter, als er das im Wasser treibende, lodernde, von den Raubtieren umzingelte Fass beobachtete, »oh du Besieger des Seedragonus Giganticus Maximus, du Überwinder des Mächtigen Monströsen Strangulators, du Held der Inneren Inseln … jetzt zeige mir, wie du aus DIESER Situation heil herauskommen willst! Aber beeile dich, ich bin nämlich ziemlich sicher, dass ich dich dieses Mal kalt erwischt habe …«

PLATSCHSCHSCHSCH!

Alle vier Haiwürmer stiegen gleichzeitig aus dem Wasser hoch und breiteten ihre Schwingen aus.

Sie boten einen grauenhaften, entsetzlichen Anblick. Denn diese zweiköpfigen Ungeheuer hatten weit herausstehende Augenwulste, so ähnlich wie Hammerhaie. Weil sie wie Hammerköpfe aussahen, nannte man sie manchmal auch Thors Schoßtiere. Außerdem konnten sie ihre hintere Zahnreihe nach vorn schieben und damit ihre unglückliche Beute packen, um sie dann in den Schlund zu ziehen – so ähnlich wie die Zunge einer Eidechse beim Fangen einer Fliege.

Ihre Hammerkopfaugen zuckten an ihren herausragenden Wülsten hin und her, während sie mit ihren starken Schwänzen das Wasser peitschten. Dann zogen sie die erste Zahnreihe mit wildem Fauchen zurück, um der zweiten Zahnreihe Platz zu machen: Die schob sich nach vorn, als führe sie ein Eigenleben, und schnappte wütend auf und zu wie eine automatische Hackmaschine.

Einen Augenblick lang schienen sie in diesem furchtbaren Ring um das Fass zu schweben, während ihre Hammerkopfaugen die Beute gierig anstarrten.

Und dann stießen sie einen schrillen Schrei aus und sprangen vorwärts – alle vier stürzten sich gleichzeitig auf das Fass …

KRACH! SPLITTER!

Das Fass zerbarst förmlich in zwei Hälften und zum maßlosen Erstaunen der beiden Wikinger, der Zuschauer – und der Haiwürmer … kam Hicks HERAUSGEFLOGEN.

20. HICKS DER GÖTTLICHE

Römer strömten normalerweise zu Tausenden in die Amphitheater, um sich gut unterhalten zu lassen.

Und tatsächlich wurde ihnen dort auch prächtiges Theater geboten – Blut floss in Strömen, Eingeweide flogen in Fetzen durch die Gegend und heldenhafter Mut und Taten von verblüffender körperlicher Kraft waren zu sehen.

Aber JETZT bekamen die Römer eine Show zu sehen, die das Eintrittsgeld mehr als wert war. DAS war nämlich etwas, was sie *noch nie* gesehen hatten.

Ein fliegender Junge?

Wie ein einziger Mann und total verblüfft, sprang die Zuschauermenge auf die Beine.

Fischbein fiel fast über Bord.

Denn langsam und majestätisch stieg Hicks zum Himmel, die Arme ausgebreitet, als würde er von zauberhaften Kräften gehalten.

»Brillant«, murmelte Kamikazzi, »ich weiß zwar nicht, wie er das macht, aber es ist brillant – für einen *Jungen,* meine ich …«

Hicks stieg höher und höher, bis zum Metallnetz, das den »Himmel« über der Arena bildete – dem Netz, das nicht einmal die scharfen Zähne der Blitzzähne in ihrer Todesangst hatten durchbeißen können …

Mit einem einzigen Schlag seiner Hand zerfetzte Hicks das Netz, sodass ein gewaltiger Riss klaffte.

Und er schwebte durch den Riss hindurch und hing in der Luft und jedes einzelne Auge in dem großen Amphitheater war mit ehrfürchtigem Staunen auf ihn gerichtet.

Der Dicke Präfekt fiel auf die fetten Knie. Selbst Alwins Unterkiefer fiel herunter.

»MEIN NAME«, dröhnte Hicks mit einer Stimme, die noch nie von ihm zu hören gewesen war, »MEIN NAME IST THOR DER DONNERER, DER IMMERWÄHRENDE GOTT DER WIKINGER!«

Die Menge erschauderte.

»MÖGT IHR ERZITTERN«, brüllte Hicks, »DENN IHR RÖMER SEID IN DIE GEHEILIGTEN LANDE DER WIKINGER EINGEFALLEN UND HABT MICH *ZORNIG* GEMACHT …«

»Das tut uns ganz, ganz arg leid …«, stotterte der Dicke Präfekt.

»… UND DAFÜR«, dröhnte Hicks streng, »HABE ICH DICH, DEN FÜHRER DER RÖMER, MIT KRANKHEIT UND ELEND GESCHLAGEN …«

Der Präfekt kratzte sich zutiefst zerknirscht.

»… UND DIESE PLAGE WIRD DICH BIS AN DEIN ENDE NICHT MEHR LOSLASSEN, WENN DU NICHT SCHWÖRST, VON HIER ZU VERSCHWINDEN UND NIE MEHR ZURÜCKZUKEHREN!«

»Wir schwören es!«, quiekte der Präfekt. »Hier – ich biete Euch meinen Schild, oh Mächtiger des Himmels, zum Zeichen, dass Ihr von jetzt an sicher seid vor den Römern. Nie wieder werden wir so weit nach Norden vorrücken.«

»ICH NEHME DEINEN SCHILD ALS ZEICHEN DEINES SCHWURS«, rief Hicks mit göttlicher Stimme, »UND ICH FORDERE AUCH DAS BUCH ZURÜCK, DAS MIR DEIN LAKAI GESTOHLEN HAT … OH, UND NOCH ETWAS …«

»Alles – alles, was du willst …«, flehte der Präfekt.

»ICH ERWARTE VON DIR, DASS DU VON JETZT AN *VEGETARIER* BIST UND BIS ZUM ENDE DEINES LEBENS VEGETARIER BLEIBST!«

Der göttliche Hicks flog direkt zum Balkon des Dicken Präfekten.

Der Dicke Präfekt lag immer noch auf den Knien und hob ihm nun den rechteckigen römischen Schild entgegen. Alwin schob die zitternde Hand in seine Brusttasche und zog das stark mitgenommene Buch *Drachenesisch leicht gelernt* heraus, deren beide Hälften er sorgfältig mit goldenem römischem Zwirn zusammengenäht hatte. Schnell fummelte er noch daran herum, um die kleine Falle zu entfernen, die er in das Buch eingebaut hatte. Denn Alwin war ein vorsichtiger Mann. Er hatte etwas sehr, sehr Gemeines zwischen die Blätter geschoben, nämlich einen Nanodrachen der Gattung Höchst Giftiger Stacheldrache, damit jeder, der ihm das Buch stahl, einen grauenhaften Schock erleiden würde. Aber es wäre sicherlich unklug, einem Gott Fallen zu stellen, und so versuchte Alwin gerade verzweifelt, den höchst giftigen Nanodrachen herauszuschütteln, als er Hicks endlich aus der Nähe sah und sein Blick auf das Hemd fiel, das Hicks trug …

»Warte mal eine Sekunde …«, begann Alwin der Verräter.

Aber es war schon zu spät. Hicks riss ihm das Buch aus der Hand (immer noch mit dem Höchst Giftigen Stacheldrachen darin, wie du beachten solltest) und stieg schnell wieder in die Luft empor.

Er hielt Schild und Buch siegreich in die Höhe und verkündete seine letzte Botschaft.

»ICH HALTE DEN SCHILD ALS ZEICHEN DEINES SCHWURS … ABER SAGE DEINEM CAESAR, DASS MEIN ZORN BIS IN DAS HERZ EURES IMPERIUMS REICHEN WIRD, WENN DU JEMALS DIESEN SCHWUR BRECHEN SOLLTEST! DENN DANN WIRD ROM DURCH EINE SINTFLUT HINWEGGEFEGT WERDEN …«

Hicks richtete sein Schwert auf die Schleusentore.

Und wie auf seinen Befehl bildeten sich große Risse in den Schleusentoren.

Und der Damm zersplitterte und barst auseinander und endlose Tonnen Meerwasser ergossen sich in das Amphitheater.

21. MAN KANN EINE SUMPFDIEBIN NICHT HINTER SCHLOSS UND RIEGEL SPERREN

Der Bann, unter dem Hicks' göttliche Erscheinung die Zuschauer gehalten hatte, löste sich sofort.

Es war, als hätten sie geschlafen – voller Entsetzen schreckten sie nun hoch, nur um feststellen zu müssen, dass sie in Gefahr standen, gleich von einer gewaltigen Flut hinweggespült zu werden.

Außerdem hatten sie alle vergessen, dass die Haiwürmer noch da waren. Das Metallnetz, das die Zuschauer vor den Bestien geschützt hatte, war von Hicks zerfetzt worden. Die Haiwürmer schwammen im Wasser herum und hatten die hölzernen Tribünen fast erreicht. Die Zuschauer schrien entsetzt auf, als einer der Haiwürmer aus dem Wasser sprang und beinahe unter ihnen gewütet hätte – wenn er nicht auf den schlüpfrigen Holzstufen ausgerutscht und ins Wasser zurückgestürzt wäre. Doch das Wasser stieg so schnell, dass es nur noch wenige Augenblicke dauern konnte, bis er auf die Tribüne gelangen würde.

Plötzlich hatte das Motto des unterhaltsamen Nachmittags – DIE SCHWACHEN STERBEN – DIE STARKEN ÜBERLEBEN – eine höchst interessante Wendung genommen. Die Zuschauer, die sich so herzlich über die gierigen Blitzzähne mokiert hatten, schienen nun weit weniger belustigt zu sein, als sie selbst zur Beute zu werden drohten …

Sie stürmten und drängten in wilder Panik zum Ausgang, schubsten und stießen sich und brüllten, dass man die Tore öffnen möge.

Aber der Wasserdruck war inzwischen so stark, dass die Tore ohnehin nicht mehr standhalten konnten. Sie flogen krachend auf und ein gewaltiger Wasserfall ergoss sich über den Hügel hinunter zum Meer.

Fischbein und Kamikazzi mussten sich plötzlich anstrengen, die *Walhalla-Express* unter Kontrolle zu bekommen. Der fliegende Gott Hicks schwebte herab und landete neben ihnen auf dem Deck.

Und wie aus dem Nichts erschien Ohnezahn, um sich auf seiner Schulter niederzulassen.

»Ich finde keine Worte«, erklärte Kamikazzi ehrfürchtig. »Wie hast du das bloß gemacht?«

Hicks deutete auf sein Hemd. »Schau mal genauer hin«, empfahl er.

Die beiden Wikinger reckten die Köpfe näher. Hicks' Hemd schien irgendwie die Farbe gewechselt zu haben. Und als sie noch näher hinschauten, schien es sich vor ihren Augen aufzulösen: Es war von Millionen und Abermillionen von winzigen geflügelten Geschöpfen bedeckt, die für das nackte Auge fast unsichtbar waren und sich an Hicks' Kleider klammerten. *Das also war es, was Hicks zum Fliegen gebracht hatte!*

Die unzähligen Heere des Zickarastika.

Der kleine Nanodrache flatterte von seinem Feldherrenhügel – Hicks' Brustbein – auf und verneigte sich vor den Wikingern.

»Dieser grauenhaft schlechte Plan«, verkündete Zickarastika fröhlich, »hat tatsächlich wunderbar geklappt! ICH, Zickarastika der Lebende Gott, habe persönlich dafür gesorgt! Wie WUNDERBAR ich bin! Wie RUHMREICH ist mein Reich! Wie ZAHLLOS und MÄCHTIG sind meine Heerscharen!«

»Und außerdem hatten wir viel GLÜCK!«, grinste Hicks.

»Ich bedaure beinahe, dich verlassen zu müssen, Oh-Junge-mit-überhaupt-keinen-Muskeln«, erklärte Zickarastika betrübt. »Aber wir beide sind jetzt quitt. Ich habe dir das Leben gerettet und dir damit vergolten, dass du mein Leben gerettet hast, und du bist und bleibst trotz allem ein stinkender MENSCH ...«

»Danke«, sagte Hicks.

»Für die kleinen Tiere dieser Welt war das ein großartiger Tag!«

Zickarastika rief einen einzigen Befehl und die Nanodrachen stiegen wie ein grauer Nebel hoch und flogen über den blauen Himmel davon.

Und als sie aufstiegen, ertönte ihr Gesang, und die Römer hätten verdammt gut daran getan, sich den Text genau anzuhören – aber leider waren sie viel zu sehr damit beschäftigt, sich in panischer Flucht in Sicherheit zu bringen.

Und das Lied ging ungefähr so:

Habt acht, oh ihr Römer, euer Reich
geht bald unter!
Wir erklären euch immerwährenden Krieg!
Und wir werden nicht ruh'n,
denn wir werden erst munter,
wenn wir euren stinkenden Haufen besiegt.

Ihr tragt hoch in der Luft eure Nase
missachtet die kleinen Wesen der Welt.
Ihr hört nicht und seht nicht,
was krabbelt im Grase,
doch wir kriegen euch noch, wie es uns gefällt!

Millionen von Sklaven müssen lassen ihr Leben,
ihr zwingt alle Völker und Länder ins Joch,
damit sich eure Tempel und Forts hoch erheben,
und wer nicht spurt, kommt ins Kerkerloch.

Bückt euch nieder, ihr Römer!

Erst dann könnt ihr hören
das Trommeln unzähliger Füsse am Grund.
Es sind unsre Heere und sie woll'n
euch zerstören,
Milliarden kleinster Wesen sind
ein gewaltiger Bund.

Habt acht, oh ihr Römer,
auf eure prächtigen Hallen,
auf eure Leiber und Kleider,
auf Tempel, Viadukt:
Wir werden alles zernagen, bis zu
Staub sie zerfallen,
und an eurem Fettarsch kein Muskel
mehr zuckt.

»Leb wohl, Oh-Junge-mit-Armen-wie-Spinnfäden«, sang Zickarastika, »und mögest du immerdar von kräftigen Winden getrieben werden ...«

Und damit verschwand er.

»Warum hast du ihn gehen lassen?«, kreischte Fischbein nervös. »Ich belästige dich ja nur ungern mit solchen Kleinigkeiten, aber wir sind immer noch in der Arena gefangen und von Haiwürmern umzingelt ...«

»Die Haiwürmer interessieren sich mehr für das Publikum«, sagte Hicks gelassen. »Deshalb habe ich Zickarastikas Heere gebeten das Metallgitter durchzunagen und die ganze Nacht an den Schleusentoren zu knabbern. Gehörte alles zu meinem Plan, verstehst du – die Schleuse ist geöffnet und wir können einfach durch das Tor hinaussegeln …« Hicks deutete auf die offenen Tore des Amphitheaters. Das Wasser floss in einem riesigen Strom hinaus und zum Meer.

»Brillant«, wiederholte Kamikazzi. »Ich muss zugeben, das ist brillant … für einen *Jungen,* meine ich.«

Hicks stand bereits am Ruder und steuerte das Schiff in Richtung Tor.

Mit stolzgeschwellten Segeln trieb die *Walhalla-Express* auf das Tor zu.

»Wir schaffen es!«, schrie Fischbein. »Wir sind schon fast durch!«

Die *Walhalla-Express* war halbwegs durch das Tor …

… aber Alwin hatte ihre Flucht bemerkt und schrie einen Befehl, das Fallgitter herunterzulassen. Es schoss rasselnd herab und hackte die *Walhalla-Express* mittendurch. Fischbein und Kamikazzi und Hicks wurden auf der falschen Seite des Gitters ins Wasser geschleudert. Das Wasser war so kalt, dass es ihnen den Atem verschlug.

»AAAARRRRGHHH!«, brüllte Fischbein und stieg fast aus dem Wasser, so viel Angst hatte er vor den Haiwürmern.

»Klettert am Fallgitter hinauf«, befahl Hicks.

Die jungen Wikinger schwammen zum Fallgitter und

kletterten hinauf, wobei sogar Fischbein sich mit wilden Schlägen über Wasser hielt. Zwei Meter höher klammerten sie sich tropfnass und in Todesangst an das Gitter wie kleine Spinnen. Durch die schlickverschmierten Gitterstäbe hindurch konnten sie das freie Meer sehen, ein unerfülltes Versprechen, nun hoffnungslos außer Reichweite. Um sie herum tobte und schrie die Menge und Wolke um Wolke von Drachen stieg aus den Käfigen. (Die Nanodrachen hatten auch die Schlösser der Käfige durchgefressen.) Die Römer rannten in wilder Flucht zu ihren Schiffen, um nach Rom zurückzusegeln, so schnell sie nur konnten. Denn die Haiwürmer eroberten allmählich die Insel: Sie stiegen aus dem Meer, kletterten über die Palisadenwälle und machten sich über die Zelte der Soldaten her. Ein paar von ihnen hatten schon den Weg zu den Warmbädern des Dicken Präfekten gefunden und planschten vergnügt im warmen Wasser.

»Und was machen wir *jetzt?*«, schrie Kamikazzi mit klappernden Zähnen.

»Ich geb's auf!«, brüllte Hicks zurück, während ein plötzlicher Windstoß ihn fast von dem Gitter riss. Seine Finger waren so steif vor Kälte, dass er nicht sicher war, wie lange er sich noch festhalten konnte. »Das war in meinem Plan nicht vorgesehen. Was erwartet ihr eigentlich noch von mir? Jetzt seid ihr dran, lasst euch selber mal was einfallen. Schließlich bist doch DU die

Meisterausbrecherin, Kamikazzi, oder nicht? Du bist die Große Kamikazzi und kein Kerker kann dich halten …«

»Okay, die Große Kamikazzi wird euch hier rausbringen, Jungs …«, brüllte Kamikazzi. »… wenn ihr zugebt, dass Mädchen viel mehr draufhaben, als Jungs jemals hatten oder haben werden …«

»Halte keine Volksreden, sondern mach vorwärts!«, schrie Hicks mit irrem Lachen. »Wir können nicht ewig am Gitter hängen bleiben …«

Kamikazzi warf den Kopf in den Nacken und schaute nach oben. Über ihnen, am obersten Balken des Eingangstors vertäut, schwebte einer der riesigen römischen Beobachtungsballons in der Luft.

»Wenn wir schon nicht hinaussegeln können«, schrie Kamikazzi, »bin ich dafür, dass wir hinausfliegen!« Und sie deutete auf den Ballon.

»Oh nein …«, stöhnte Fischbein mürrisch und elend, als er langsam hinter den anderen herkletterte. »Wenn Wotan gewollt hätte, dass wir fliegen, hätte er uns Flügel gegeben … Nicht nach unten schauen, Fischbein, nicht nach unten schauen.«

Kamikazzi kletterte behände hinauf und erreichte den Ballon als Erste, dicht gefolgt von Hicks. Sie kletterten in den Korb.

Der war völlig leer – mit Ausnahme eines schwermütig wirkenden Gronckels, der direkt unter dem großen Luftloch des Ballons in einem Käfig gefangen saß. Ab und zu schoss er eine heiße Stichflamme in die Öffnung, welche die Luft aufheizte. So trieb er den Ballon immer höher hinauf, bis er von der Leine gestoppt wurde, mit der er am Tor festgebunden war.

»Hallo, Bruder-der-Schlange«, keuchte Hicks höflich, während er sich vorsichtig im Korb umsah, »ganz allein hier oben?«

»Die Soldaten schauen den Saturnsamstag-Spielen zu«, erklärte der Gronckel. »Eigentlich ganz nett, zur Abwechslung mal ein wenig Ruhe und Frieden zu haben.«

»Nun ja, tut mir leid, dich dabei stören zu müssen«, sagte Hicks, »aber wir kapern hiermit diesen Ballon – militärischer Notfall, sozusagen.«

»Kein Problem«, antwortete der schwermütige Gronckel, »wäre mir ein Vergnügen. Niemand hat mich bisher so nett begrüßt. Die Soldaten verprügeln mich meistens nur.«

»Oh du liebe Freya«, sagte Hicks mitfühlend. Er hasste es, wenn seine Mitgeschöpfe gefangen gehalten oder schlecht behandelt wurden. »Natürlich werden wir dich freilassen, sobald wir zu Hause sind, aber im Moment haben wir's ziemlich eilig.«

»Ist nicht so, dass mir der Job nicht

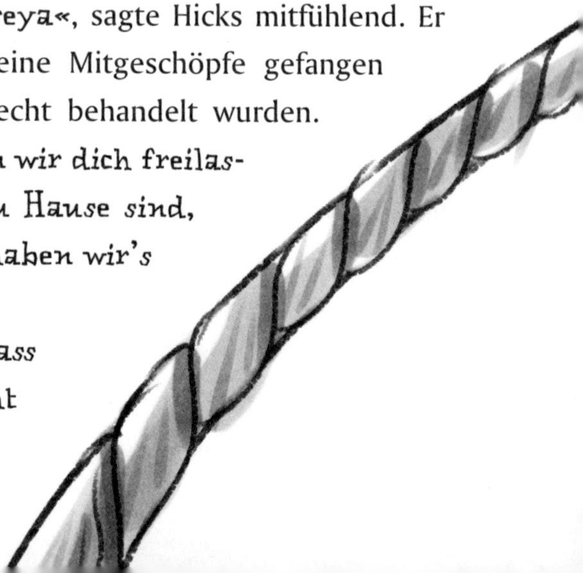

gefällt«, versicherte ihm der Gronckel. »Ist recht nett hier oben, immer schön friedlich, verstehst du. Wann möchtet ihr denn starten?«

»Sehr bald«, erklärte Hicks. »Wir warten nur noch auf einen Freund.« Er linste über den Korbrand, konnte aber nur Fischbeins Kopf sehen. Fischbein kletterte immer noch unendlich mühsam und langsam am Gitter hoch. Unter ihm sprangen bereits die aufgeregten Haiwürmer hoch und schnappten nach seinen Füßen. Und der Teil der Menge, der noch im Amphitheater war, raste wie eine wild gewordene Büffelherde hin und her, weil das Tor geschlossen war.

»FISCHBEIN! Könntest du dich wenigstens EIN MAL beeilen?«

»Ich beeile mich schon längst!«, brüllte Fischbein verärgert zurück. »Schließlich hänge ich nicht hier herum, um die Aussicht zu bewundern oder so!«

»E-e-er sollte sich wirklich noch m-m-mehr beeilen«, raunte Ohnezahn in Hicks' Ohr. »O-O-Ohnezahn sieht den fiesen Präfekten kommen!«

Und tatsächlich rannte Alwin der Verräter auf dem Wehrgang am obersten Rand des Amphitheaters auf sie zu.

»Versuch ihn aufzuhalten, Ohnezahn!«, befahl Hicks. »FISCHBEIN! DU MUSST DICH WIRKLICH NOCH MEHR BEEILEN!«

Ohnezahn hielt Alwin auf, indem er an seiner Toga zerrte.

»Ich hätte dich sofort töten sollen, als ich eine Gelegenheit dazu hatte!«, fluchte Alwin, hieb mit dem Haken nach Ohnezahn und versuchte ihn zu fangen, während Fischbein die letzten Meter zum Korbrand kletterte. Hicks griff nach Fischbeins Hand und zerrte ihn in den Korb. Gleichzeitig säbelte Kamikazzi mit ihrem Schwert das Tau durch. »Hoch, hoch, hoch!«, schrie Hicks gellend und der Gronckel schickte eine Extraladung Flammen in die Ballonöffnung. Der Ballon stieg schnell in die Luft.

Doch im Moment des Aufstiegs schlug ein goldener Haken in den untersten Rand des Korbs. Der Gronckel schoss noch einmal eine gewaltige Flamme in den Ballon, der daraufhin hochschoss und über die Festungsmauern hinausstieg … Und mit ihm niemand anders als …

»Tu-tu-tut mir leid«, keuchte Ohnezahn erschöpft, nachdem er auf Hicks' Helm eine Bruchlandung vollführt hatte. »Ich ko-ko-konnte ihn nicht mehr länger aufhalten.«

Fischbein warf einen Blick über den Korbrand nach unten und schaute Hicks entsetzt an, wobei seine Augen fast aus den Höhlen traten. »Ohhh nein … siehst du, was ich sehe? Werden wir ihn denn nie los?«

Nun wagte auch Hicks einen Blick über den Korbrand zu werfen. Weit unten lag Fort Finstericum, das immer kleiner wurde, je höher sie stiegen. Und unten am Korb baumelte, nur von seinem Haken gehalten: Alwin der Verräter. Mit dem freien Arm schlug er hinterlistig nach Hicks, der sich schnell in den sicheren Korb zurückzog.

»Also gut«, sagte Hicks, »ich halte ihn für fähig, sogar aus dieser Lage heraus in den Korb klettern zu können … Alle rennen jetzt mal nach rechts am Rand entlang. Ohnezahn, du nimmst dieses Seil und ziehst ebenfalls in dieser Richtung. Wir müssen den Korb dazu bringen, sich zu drehen …«

Alle fingen an zu rennen und der Ballon begann sich tatsächlich zu drehen, erst langsam und dann immer schneller, rund und rund und rund herum wie die *Schräger Vogel*, wenn sie einen ihrer Kreiselanfälle bekam.

Und als sich der Ballon drehte, schraubte er langsam, ganz langsam den Haken Alwins des Verräters los.

Der spürte, dass sich der Haken lockerte, und begriff sofort, was sie vorhatten, aber er konnte nichts dagegen unternehmen. »Ich kriege dich noch, Hicks der Hartnäckige vom Hauenstein der Dritte!«, fluchte Alwin brüllend, als sich der Haken immer schneller herausdrehte.

»Ich kriege dich eines Taaaaaaages!« Und damit stürzte Alwin der Verräter in das Meer hinunter, wo eine Masse von Haiwürmern auf ihn wartete. Zurück blieb nur ein großer goldener Haken, der am Korb baumelte.

Der Ballon schoss noch schneller in den Himmel. Alwins Schreie klangen schwächer und schwächer, dann verklang auch das Gekreisch der Haiwürmer und schließlich verstummte die ganze Kakofonie des Forts Finstericum.

Hicks, Fischbein und Kamikazzi brachen erschöpft auf dem Korbboden zusammen. Leise, sanft schwebte der Ballon dahin. Die einzigen Geräusche waren das leichte Blasen, wenn der Gronckel seine Flammen in die Luftöffnung schoss, und das Keuchen der Wikinger und des kleinen Drachen Ohnezahn, deren Herzschläge sich ganz langsam normalisierten. Und ganz allmählich wagten sie es, einander zuzugrinsen, denn es dämmerte ihnen, dass sie vielleicht am Ende doch in Sicherheit sein könnten.

»Pffff«, machte Kamikazzi mit knallrotem Gesicht. »Das war knapp … Aber was hab ich euch gesagt? Man kann eine Sumpfdiebin nicht hinter Schloss und Riegel sperren. Aber ihr wart auch nicht schlecht … für *Jungen,* meine ich.«

Hicks rappelte sich auf die Beine und blickte über den Korbrand hinaus.

Eine warme Brise blies durch sein Haar.

»Schaut!«, rief er und deutete nach unten. Er drehte sich zu ihnen um. Plötzlich war er ganz aufgeregt. »Die Kriegsflotte meines Vaters kommt! Er hat sie doch losgeschickt!«

»Na ja, ich weiß nicht, warum du dich so freust – schließlich kommt er *zu spät,* oder nicht?«, grummelte Fischbein. »Einen Tag früher – und er hätte mir ungefähr tausend Herzinfarkte ersparen können …«

»Spielt keine Rolle«, grinste Hicks. »Er *kommt* und das ist alles, was zählt.«

22. DIE RÜCKKEHR DER HELDENHAFTEN ERBEN

An Deck der *Blauwal* erwartete Häuptling Haudrauf der Stoische den Besuch von Häuptling Berta der Prallbusigen. Haudrauf hatte sich schließlich für Plan B entschieden (also einen Rettungstrupp loszuschicken) und nicht für Plan A (den Sumpfdieben die Köpfe einzuschlagen). Berta die Prallbusige machte es ihm allerdings sehr schwer, Plan B auszuführen, weil sie das Rettungskommando schon seit seiner Abfahrt von Berk mit ihrer gesamten Sumpfdiebflotte zäh verfolgte.

Also hatte Haudrauf einen Briefdrachen losgeschickt, der Berta der Prallbusigen die (sehr höfliche) Mitteilung überbringen sollte, mal gründlich über die Sache zu reden. Und jetzt lief Haudrauf auf dem Deck hin und her und fragte sich immer wieder, wie Hicks in dieser Situation wohl reagieren würde. »Ich muss ganz ruhig bleiben«, murmelte er vor sich hin. »Hicks hatte recht – diese Blutfehden werden uns Wikingern eines Tages den Garaus machen. Es ist meine Aufgabe als Häuptling, ihnen ein Ende zu bereiten …«

»Ich kann nur hoffen, dass du diesem prallbusigen Sumpfdieb-Häuptling Berta kräftig eins auf die dicke Nase gibst, Haudrauf!«, brüllte Sackasch der Bierbauch. »Nämlich, wenn du es nicht machst, mache ich es!«

»Nur ein toter Sumpfdieb ist ein guter Sumpfdieb!«, verkündete Rotznase mit fiesem Grinsen. Rotznase verfolgte mit größter Genugtuung, wie sich die Dinge entwickelten. Sah ganz so aus, als sei Hicks endlich ausgeschaltet, und jetzt würden sie auch noch einen heldenhaften Kampf mit den Sumpfdieben veranstalten und Rotznase würde damit angeben können, was für ein großartiger Krieger er doch war …

Haudrauf überhörte die beiden einfach und lief weiter auf dem Deck hin und her. »Ich muss der Prallbusigen Berta klarmachen – *natürlich ganz ruhig!* –, dass ich glaube, dass die Römer unsere Erben verschleppt haben und dass ich deshalb mit einem Rettungskommando losgesegelt bin. Ich muss unter allen Umständen immer ganz ruhig bleiben …«

Die Prallbusige Berta stürmte an Deck und ihr Damenbart stand ihr zu Berge wie Igelstacheln. Sie hatte Fäuste wie Vorschlaghämmer und abgesehen von dem gewaltigen Hirsch, den sie mit ihrem prallen, riesigen Busen glatt erschlagen hatte, hatten auch schon viele kleinere Lebewesen den grausamsten Erstickungstod im tiefen Tal ihres Busens erlitten. Berta schubste den großen und starken Sackasch den Bierbauch im Vorbeigehen mit einer beiläufigen, ziemlich überheblichen Handbewegung aus dem Weg, sodass er fast über Bord ging, stemmte die Hände auf die breiten Hüften und pflanzte sich vor Haudrauf auf.

Berta die Prallbusige

Haudrauf schluckte heftig. Er spürte, wie seine Ohren feuerrot wurden. »Ganz ruhig bleiben, Haudrauf«, ermahnte er sich. »Ohhh, das wird hart ...«

Es war unmöglich.

»ICH WEISS SCHON SEIT LANGEM, DASS DU EIN FETTER GAUNER UND EHRLOSER STAMMESERBENDIEB BIST!«, donnerte die Prallbusige Berta. »ABER NIE HÄTT ICH GEDACHT, DASS DU WIE EINE FEIGE QUALLE DAVONLÄUFST!«

»ICH LAUFE NICHT DAVON!«, schrie Haudrauf der Stoische zurück. Er explodierte fast vor Anstrengung, sich zu beherrschen. »Jetzt, Haudrauf, immer schön ruhig bleiben ... immer ruhig bleiben ... denk daran ...«, murmelte er und holte tief Luft. »Ich habe gute Gründe zu glauben, dass unsere Stammeserben von den Römern verschleppt wurden. Und deshalb bin ich mit einem Rettungstrupp losgesegelt ...«

»GUTE GRÜNDE AM ARSCH!«, dröhnte die Prallbusige Berta. »DU LÄUFST DAVON, WEIL RAUFBOLDE SCHON IMMER SO ZIEMLICH DIE FEIGSTEN KOJOTEN AUF DEN INNEREN INSELN WAREN!«

»DER RAUFBOLD VOR DIR KÖNNTE DICH AM GENICK PACKEN UND AN EINER EINZIGEN AUSGESTRECKTEN HAND VERHUNGERN LASSEN!«, kreischte Haudrauf der Stoische. In diesem Augenblick standen die Chancen, dass Plan B genau nach Plan B ausgeführt werden könnte, ziemlich mies. Und die Gefahr, dass Plan B ziemlich schnell zu Plan A werden könnte, wuchs ständig. Wenn nicht die beiden Häuptlinge, die sich immer noch Nase an Nase gegenüberstanden und sich anbrüllten, plötzlich ein Geräusch gehört hätten. Dieses veranlasste sie, die Blicke nach oben zu richten. Und dort sahen sie, zu ihrer totalen Verblüffung, einen riesigen römischen Beobachtungsballon recht schnell dahersegeln. Die Sumpfdiebe und die Raufbolde waren so mit ihrem Streit beschäftigt gewesen, dass niemand den Ballon bemerkt hatte, bis er direkt über ihnen stand. Aber jetzt bemerkten sie ihn, und zwar mit Entsetzen, denn er hatte fast keine Luft mehr und stürzte wie eine Sternschnuppe mit kreischendem Geräusch und einer Geschwindigkeit von mindestens zweihundert römischen Stundenmeilen auf das Deck der *Blauwal* herunter.

Als sie die Rettungskriegsflotte der Raufbolde erblickten, schlug Hicks vor, dass sie versuchen sollten, auf dem Deck eines der Schiffe zu landen. Er überredete den schwermütigen Gronckel, mit dem Flammenblasen aufzuhören, damit der Ballon sinken konnte. Dann versuchte er, Ohnezahn zu überreden, mit einem Seil in der Schnauze den Ballon in die richtige Richtung zu steuern.

»Arbeit, Arbeit, immer nur Arbeit!«, murrte Ohnezahn verbittert. »Warum ka-ka-kann das nicht jemand von euch machen?«

»Weil wir keine so schönen Flügel haben wie du, Ohnezahn«, erklärte Hicks geduldig.

Kamikazzi hing halb aus dem Ballon und ließ den Fahrtwind durch ihr Blondhaar streichen. »Das muss man den Römern lassen – sie sind ziemlich SCHLAU! Das ist die einzig wahre Form zu reisen … Ich frag mich, ob WIR nicht so ein Ding bauen könnten. He – sind das nicht die Schiffe meiner MUTTER, die da unten längsschiffs neben den Raufbold-Kähnen liegen?«

Hicks beugte sich aus dem Korb. »Tatsächlich«, bestätigte er überrascht. »Vielleicht haben die Erwachsenen endlich Vernunft angenommen und eine gemeinsame Rettungsflotte losgeschickt! Ich muss zugeben, dass ich sehr erstaunt bin – das ist wirklich ein Zeichen von Fortschritt für die Wikingerstämme.«

Der Abstieg des Ballons wäre normalerweise schön gemächlich verlaufen und hätte in einer genauen Punktlandung mittschiffs der *Blauwal* geendet … wenn Alwin der Verräter nicht noch jene kleine Falle zwischen den Seiten von *Drachensprache leicht gelernt* gelassen hätte, als er es Hicks zurückgab.

Wie schon erwähnt bestand die kleine Falle aus einem kleinen, leuchtend gelben Drachen, ungefähr von Zickarastikas Größe. Diese Drachenart war unter dem Namen Höchst Giftiger Stacheldrache bekannt.

Dieser Höchst Giftige Stacheldrache war gerade aus Hicks' Tasche gekrochen, hatte sich lang und gründlich

Der Höchst Giftige Stacheldrache

Wikingerdrachen und ihre Merkmale

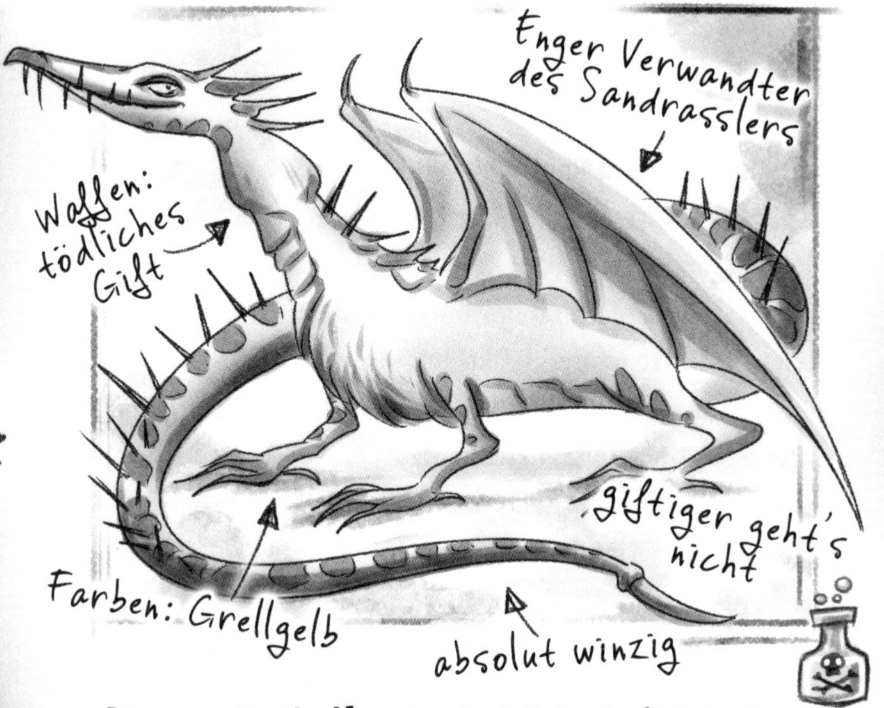

Dieser grellgelbe Nanodrache trägt sein Gift in den beiden Halsdrüsen am Nacken sowie am Schwanz mit sich. Der Stich eines Höchst Giftigen Stacheldrachens ist absolut immer tödlich.

Bewertung nach Punkten 0-10

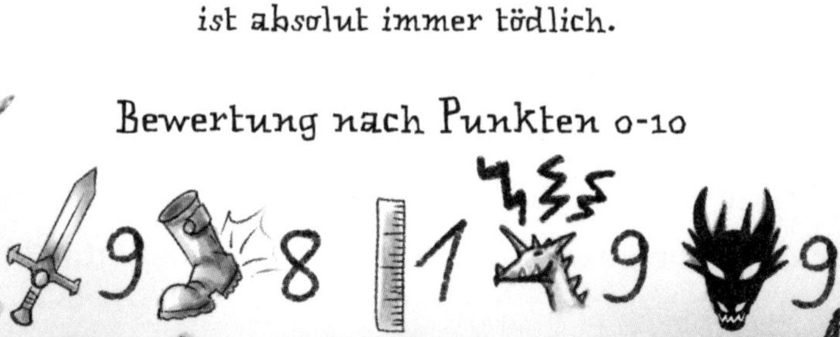

im Ballonkorb umgesehen, während sich alle entspannten, und war dann auf der Suche nach Blutnahrung an Fischbeins Hosenbein hinaufgekrochen.

Fischbein bemerkte das Tier erst, als es über seine Hand krabbelte, stieß einen gellenden, entsetzten Schrei aus und schleuderte den Stacheldrachen mit einer heftigen Handbewegung von sich. Der Stacheldrache flog hoch in die Luft und seine extrem scharfe Schwanzspitze fetzte wie ein Messer durch die Ballonhaut.

Der große Riss führte dazu, dass sich der Abstieg des Ballons enorm beschleunigte.

Haudrauf der Stoische und Berta die Prallbusige fuhren entsetzt auseinander, als der Ballonkorb mit gewaltigem Krachen zwischen ihnen auf dem Deck aufschlug.

Der Ballon selbst verwickelte sich mit dem Segel der *Blauwal*.

Für kurze Zeit herrschte absolute, verblüffte Stille. Dann krochen sie nacheinander aus dem umgestürzten Korb – erst der schwermütige Gronckel, dann der stark verstimmte Ohnezahn, gefolgt von Kamikazzi, Fischbein und Hicks.

Natürlich herrschte großer Jubel, als die Stämme der Raufbolde und der Sumpfdiebe sahen, dass beide Erben unversehrt und in einem Stück zurückgekehrt waren. Das Kriegsgeschrei, das sie unter dem Dröhnen der Trommeln angestimmt hatten, verwandelte sich in Siegesgeschrei. Die langen, schlangenförmigen Reihen der beiden Kriegsflotten erbebten bis zum Kiel unter dem Jubel und die Wikingerkrieger schossen vor Freude ihre Pfeile in die Luft. (Das ist nicht unbedingt zu empfehlen – es ist durchaus möglich, dass dabei das eine oder andere Auge verloren geht. Aber weder die Raufbolde noch die Sumpfdiebe waren für ihre Vernunft sonderlich berühmt.)

Haudrauf drückte seinen Sohn an sich und sprach kein einziges Wort … aber Hicks verstand ihn trotzdem.

»Haudrauf«, verkündete schließlich die Prallbusige Berta, während sie ihre winzige Tochter auf ihren gewaltigen Schultern thronen ließ, »statt einer Entschuldigung möchte ich dir ein kleines Geschenk geben.«

Die Prallbusige Berta klatschte mächtig in die zarten Frauenpranken und eine ihrer Kriegerinnen brachte ihr einen gigantischen Schild.

»Wotans Speckgürtel!«, rief Fischbein ehrfürchtig und starrte den Schild an. »Dir ist doch hoffentlich klar, was das ist? Der einzige Schild von Grimmbart dem Abscheulichen!«

Und es war tatsächlich der berühmte Schild Grimmbarts des Abscheulichen, der vor vielen Jahren in einer Schlacht von den Sumpfdieben erobert und von ihrem Stamm seither wie eine Trophäe aufbewahrt worden war. Der Schild war vollkommen rund. Den Schildbuckel bildete ein echter Feindesschädel, umkränzt von

Schnitzarbeiten. Sie zeigten Wellen und Drachen, die sich in einem ewigen Kreislauf verfolgten.

Rotznases winzige Rattenaugen glitzerten. Rotznase fühlte sich ausgesprochen zurückgesetzt und vernachlässigt. Da tauchte dieser Hicks wieder auf, SCHON WIEDER nicht tot, nicht abgesoffen und nicht mal von den Haiwürmern angefressen. Stattdessen in einem Stück, gesund und munter und zu allem Elend würde es jetzt nicht mal eine richtige Schlacht geben. Aber jetzt sah Rotznase endlich eine Gelegenheit, wenigstens ein klein bisschen Ruhm einzuheimsen.

Rotznase nahm den Schild Grimmbarts des Abscheulichen und schwang ihn triumphierend hoch über dem Kopf.

Es war ein ruhmreicher, großartiger, geschichtsträchtiger Augenblick. Rotznase sah prächtig aus, wie er so heldenhaft und nobel dastand, so muskulös und überall kunstvoll tätowiert, während die letzten Sonnenstrahlen über den Horizont zuckten und silberne Lichtblitze vom Schild gen Himmel schickten.

Die Raufbolde verfolgten dieses Spektakel mit offenen Mündern, und da manche von ihnen nicht sehr helle waren, glaubten sie, dass das gute Ende der Entführung irgendwie Rotznase zu verdanken sei. Jedenfalls sah er sehr gut aus. Und so fingen sie an zu brüllen: »ROTZ-NA-SE! ROTZ-NA-SE! ROTZ-NA-SE!«, und die Sumpfdiebe, die nicht viel heller waren und sich nicht lumpen lassen wollten, brüllten dagegen an: »KA-MIKAZ-ZI! KA-MI-KAZ-ZI! KA-MI-KAZ-ZI!«

»Oh, bei Thor!«, schimpfte Fischbein. »Nicht DAS schon wieder! Die Sache hatte absolut GAR NICHTS mit dir zu tun, Rotznase – du warst nicht mal DABEI, verdammt! Das war *Hicks,* der uns das Leben gerettet hat, *Hicks,* der sich den schlauen Plan ausgedacht hat, und *Hicks* und niemand sonst ist der Erbe der Räuberischen Raufbolde!«

»SCHUBS IHN DOCH MAL, Fischbein«, empfahl Kamikazzi von den Schultern ihrer Mutter herunter.

Fischbein gab Rotznase einen gewaltigen Schubs gegen den Bauch.

Normalerweise wäre Fischbein natürlich nicht fähig

gewesen, Rotznase umzukippen. Aber Rotznase hielt den schweren Schild hoch über dem Kopf und stand daher reichlich unsicher auf den Beinen. Und so kippte er rückwärts über Bord und stürzte mit einem gewaltigem PLATSCH ins Wasser.

Einen Augenblick lang herrschte entsetztes Schweigen. Und dann warf Haudrauf der Stoische den gewaltigen haarigen Kopf in den Nacken und brüllte sein gewaltiges Gelächter in den Abendhimmel: »HA, HA, HA!«

Jetzt verwandelte sich der Jubel der zuschauenden Stämme in ein einziges Lachgebrüll, denn es gibt nichts, was Wikingern mehr Spaß macht, als zuzusehen, wenn jemand stürzt, sich nass macht oder in den Schlamm fällt. Also röhrten sie vor Lachen, so lang und laut und unanständig, wie nur Wikinger lachen können – hielten sich die Bäuche, bogen sich vor Lachen, klopften sich auf die muskelbepackten Schenkel oder hieben sich so kräftig auf den Rücken, dass sie fast ihre Lungen ausspuckten –, während die Sonne nach diesem ereignisreichen Saturnsamstag den Himmel in ein spektakuläres rot-rosa-goldenes Farbenspiel verwandelte.

Sackasch der Bierbauch fischte schließlich seinen Sohn Rotznase aus dem Wasser, der sich immer noch am Schild Grimmbarts des Abscheulichen festklammerte. Und sogar Rotznase war gezwungen, in das Gelächter einzustimmen, um nicht als miserabler Spielverderber dazustehen.

»Hicks«, sagte Haudrauf schließlich und wischte sich die Tränen aus den Augen, »ich habe für *dich* ein Geschenk.« Haudrauf führte Hicks zum Heck der *Blauwal* – und dort hinten bot sich Hicks ein vertrauter Anblick: An einem Tau dümpelte ein kleines, dickes, fast rundes Boot mit einem schief nach Backbord hängenden Mast und einem schweren Linksdrall wie ein betrunkener Wikinger …

»Schräger Vogel!«, rief Hicks voller Freude aus.

»Grobian ist extra hinabgetaucht und hat sie für dich heraufgeholt«, strahlte Haudrauf.

»Hab ein paar Lecks abgedichtet«, dröhnte Grobian und schlug Hicks auf die Schulter. »Aus dir machen wir doch noch einen richtigen Wikinger!«

»Vielleicht möchtest du uns im Triumph in den Hafen führen – zusammen mit deinem Drachen Ohnesaft und

mit Fischfein und dieser Kamikrazzig?«, schlug Haudrauf vor. »Schließlich passiert es nicht jeden Tag, dass den edlen Stämmen der Sumpfdiebe und der Raufbolde die Erben zurückgegeben werden …«

Als sich um sie die Dunkelheit schloss und das Grün der Inneren Inseln allmählich grau und schließlich schwarz wurde, zündeten die Wikinger ihre Tranfunzeln an, die außen an den Bordwänden der sanft dahindümpelnden Schiffe hingen. Die Zitteregligen Glimmstängler leuchteten auf. Sie tanzten über dem Meer wie kleine Funken und zogen Spuren von glitzerndem Lichtstaub hinter sich her.

Das Meer war flach wie ein Spiegel und die Reflexion des Vollmonds im Wasser erstreckte sich vor ihnen wie der Strahl eines Leuchtfeuers und führte sie direkt auf die noch weit entfernt liegenden Umrisse der Insel Berk zu. Hicks und Ohnezahn und Fischbein und Kamikazzi bestiegen die *Schräger Vogel:* Erstaunlicherweise merkte man ihr keineswegs an, dass sie schon am Grund des Meeres gelegen und wieder zur Oberfläche emporgestiegen war.

Und wenn ein Fremder diese seltsame nächtliche Wasserprozession beobachtet hätte, dann hätte er sich sicherlich gewundert, welchen Kurs die Kriegsschiffe der Wikinger in dieser Nacht fuhren. Denn galten die Wikinger nicht als Herren der Meere, als größte Seeräuber aller Zeiten und als beste Navigatoren, die die Welt jemals gesehen hatte oder sehen würde? Aber hier waren diese beiden großen, langen Schlangen von beleuchteten Kriegsschiffen der Raufbolde und der Sumpfdiebe, die wild auf dem Meer zickzack fuhren, bald mal wieder im Kreis liefen oder wie verwirrte Flundern durcheinanderkreuzten und deren Besatzungen lauthals lachten und sich in der Dunkelheit ständig Flüche oder Entschuldigungen zuriefen.

All diese sturmerprobten Wikingerschiffe folgten einem winzigen kleinen Schiffchen namens *Schräger Vogel.* Und dieses Schiffchen kreiselte und taumelte und krängte mit schwerem Linksdrall auf einem eigenen, rätselhaften Kurs im Mondlicht irgendwie auf die Insel Berk zu.

NACHWORT DES AUTORS, HICKS DER HARTNÄCKIGE VOM HAUENSTEIN DER DRITTE, LETZTER DER GROSSEN HELDENHAFTEN WIKINGER

Jetzt bin ich wieder da, wo ich angefangen habe; das alles ist vor langer, langer Zeit geschehen.

Aber während ich jetzt darüber nachdenke, blicke ich auf dem Schreibtisch umher, an dem ich gerade schreibe, und sehe all die Dinge, die mich an die damalige Zeit erinnern. Der Haken von Alwin dem Verräter hängt an der Wand wie ein goldenes Fragezeichen. Neben der Tür steht der Schild, den mir der Dicke Präfekt schenkte.

Diesen Schild habe ich mein ganzes Leben lang mit in die Schlacht genommen, sehr zur Belustigung meiner Freunde, denn im Unterschied zu den runden Wikingerschilden ist er nach Art der Römer rechteckig.

Aber schließlich war ich immer so etwas wie ein weißes Schaf in einer schwarzen Herde oder wie ein vierkantiger Bolzen, der nicht in ein rundes Loch passen wollte. Selbst der Gänsekiel, mit dem ich schreibe, stammt keineswegs von einer Gans, sondern von einem römischen Goldadler – es ist eine Feder, die ich in meiner Zelle im finsteren Fort Finstericum fand.

Also schaue ich all diese Dinge an und erinnere

mich, und woran ich mich am klarsten erinnere, ist der Augenblick, als der Ballon aus dem Chaos und dem Durcheinander im Fort Finstericum in den klaren blauen Himmel aufstieg wie eine vollkommen runde Glücksseifenblase oder ein Ballon aus lauter Gedanken.

Ich erinnere mich an die Stille dieses Augenblicks, frei von allem Gram und aller Sorge, auf zauberhafte Weise irgendwo im endlosen Nichts der Luft unter und über uns schwebend.

Ich erinnere mich an das Kind, das ich war, das über den Korbrand hinunterblickte und seine ganze Welt wie die Landkarte einer erfundenen Geschichte unter sich ausgebreitet sah. Zum ersten Mal erkannte ich, dass meine Heimat, in der ich wohnte und kämpfte und mit all meinen Sorgen lebte, zu einem ganzen Inselreich von atemberaubender Schönheit gehörte: Hunderte winziger grüner Inseln in einem blau schimmernden Ozean.

Und plötzlich wurde mir mit absoluter Klarheit bewusst, dass wir nichts weiter waren als winzig kleine Ameisen in einem Meeresuniversum. Angeberische Käfer! Aufgeblähte Amöben!

Aber Größe ist nicht alles, wie ich immer Rotznase zu erklären versuchte. So klein wir auch sein mögen, sollten wir doch immer für das kämpfen, was wir für richtig halten. Und damit meine ich nicht, mit der Macht der Fäuste oder der Macht des Schwertes zu kämpfen. Das war immer das Problem mit uns Wikingern. Sondern ich meine die Macht unseres Verstands und unserer Gedanken und unserer Träume.

Und so klein und still und unwichtig unsere Kämpfe auch erscheinen mögen, so können wir doch zusammenarbeiten wie die unzähligen Legionen des Zickarastika und auf diese Weise aus den Kerkern unseres Lebens ausbrechen, die wir uns selbst geschaffen haben. Vielleicht können wir dann diese unsere wilde und schöne Welt frei für uns alle bewahren: so, wie sie damals an jenem blauen Nachmittag in meiner Kindheit erschien.

Einst hielt meine Hand mein Schwert *Wagemut* so stark und fest. Jetzt ist dieselbe Hand so braun und runzlig wie ein alter Salzhering, während sie diese Worte langsam und zittrig auf die Blätter schreibt. Voller Tintenflecken und Spritzer, wo sie doch einst so sauber und klar schreiben konnte! Manchmal vergesse ich völlig, was ich letzten Dienstag gemacht habe, von der Zeit vor fünfundsechzig Jahren ganz zu schweigen.

Aber die Winde werden weiterwehen, auch wenn ich nicht mehr bin. Die Stürme werden toben und die Mächte der Weltreiche und der Unterdrückung, seien sie nun Römer oder andere, werden immer noch in allen Ecken des Ozeans lauern.

Für die Helden der Zukunft geht der Kampf weiter.

DIE GESCHICHTE HAT EINEN STACHEL

Bestimmt, oh, ganz bestimmt muss das doch endlich das Unglückliche Ende von Alwin dem Verräter gewesen sein, der zuletzt gesehen wurde, als er aus großer Höhe mitten in ein Gewimmel von Haiwürmern fiel? Und bestimmt, oh, ganz bestimmt muss es endlich auch ein Glückliches Ende für unsere großen und kleinen Wikingerkrieger geben?

Aber wie es so häufig bei Glücklichen Enden vorkommt, hat auch diese Geschichte einen Stachel. In diesem Fall geschah nämlich etwas, ohne dass irgendjemand irgendetwas bemerkte, denn es herrschte ja ein riesiges Durcheinander, als der Ballon aus dem Himmel herabstürzte: Einer unserer Helden wurde vom furchtbaren Schwanz des Höchst Giftigen Stacheldrachens gestochen, der ihm einen einzigen Tropfen Gift einspritzte.

Und wie wohl jeder weiß, ist der Stich eines Höchst Giftigen Stacheldrachens absolut immer tödlich.

Welcher unserer Helden war so unglücklich, gestochen zu werden?

Halte Ausschau nach dem nächsten Band von Hicks' Memoiren ...

Drachenzähmen leicht gemacht. Mörderische Drachenflüche

Ich mag keine Glücklichen Enden. Zu sauber, zu nett. In meinen Geschichten mag ich ein bisschen Würze.

Also ist das hier kein Glückliches Ende. Es ist nur ein Guckinsnäächstebuch ...

Und das ist Drachenesisch und heißt: Fortsetzung folgt.

Cressida Cowell

Drachenzähmen leicht gemacht

Mörderische Drachenflüche (4)
978-3-401-60054-3

Brandgefährliche Feuerspeier (5)
978-3-401-60055-0

Handbuch für echte Helden (6)
978-3-401-60056-7

Im Auge des Drachensturms (7)
978-3-401-60123-6

Flammendes Drachenherz (8)
978-3-401-60124-3

Arena

Jeder Band:
Ab 10 Jahren • Gebunden
www.arena-verlag.de
www.drachenzaehmen.de
www.arena-verlag.de

Auch als E-Books erhältlich und als Hörbücher bei Arena audio

DreamWorks

Dragons

978-3-401-70808-9

Einsatz für Ohnezahn

Der Drache Ohnezahn und sein Drachenreiter Hicks sind ein unschlagbares Team und die Hauptthelden der aus Film und Fernsehen bekannten Marke »Dragons«. Eine starke Episode der TV-Reihe wird in Bild und Text erzählt. Mit den vorgestanzten Teilen zum Basteln und Schritt-für-Schritt-Anleitungen entsteht ein über 75 cm breites Ohnezahn-Modell zum Spielen.

978-3-401-70809-6

Das Drachenreiter-Posterbuch

Mit diesem Ausklappbuch mit Megaposter kann sich jeder seine Lieblingsdrachen nach Hause holen! Fans der beliebten Fernsehserie erfahren, wie Hicks und seine Freunde den Brüllenden Tod verjagen, Alvin den Heimtückischen überlisten und den legendären Skrill wieder im Eis einsperren. Das Panorama-Poster auf der Rückseite der Geschichten zeigt 33 coole Drachen in Aktion.

978-3-401-70810-2

Wettkampf der Drachen

Die Drachenreiter sind los. Hicks und Ohnezahn, Astrid und Sturmpfeil, Rotzbacke und Hakenzahn – überall sorgen diese coolen Wikinger mit ihren Drachenfreunden aus Film und Fernsehen für Wirbel. Jetzt kann jeder mitmachen beim Drachenrennen: Einfach aus den vorgestanzten Bögen die sechs Drachenmodelle basteln und durch die Lüfte schicken!

Arena

www.arena-verlag.de

Anna Ruhe

Mount Caravan
Die fantastische Fahrt im Nimmerzeit-Express

Jake war sein Leben lang Außenseiter. Dass er jetzt noch in ein Internat für Schwererziehbare gesteckt wird, ist echt das Letzte. Doch das seltsame Mount Caravan ist nicht das, was es vorgibt zu sein. Insgeheim beschützt die Schule ein uraltes Buch, und in diesem steht nichts Geringeres als die Zukunft der Menschheit! Plötzlich ist es an Jake und seinen Freunden Ava und Finley es vor den machthungrigen Feinden der Schule zu beschützen ...

Arena

Auch als E-Book erhältlich
und als Hörbuch bei Rubikon

272 Seiten • Gebunden
ISBN 978-3-401-60200-4
www.arena-verlag.de

Katja Brandis

Woodwalkers

Carags Verwandlung

Auf den ersten Blick sieht Carag aus wie ein normaler Junge. Doch hinter seinen leuchtenden Augen verbirgt sich ein Geheimnis: Carag ist ein Gestaltwandler. Aufgewachsen als Berglöwe in den Wäldern, lebt er erst seit Kurzem in der Menschenwelt. Das neue Leben ist für ihn so fremd wie faszinierend. Doch erst als Carag von der Clearwater High erfährt, einem Internat für Woodwalker wie ihn, verspürt er ein Gefühl von Heimat. In Holly, einem frechen Rothörnchen, und Brandon, einem schüchternen Bison, findet er Freunde. Und die kann Carag gut gebrauchen – denn sein neues Leben steckt voller Gefahren ...

Arena

Auch als E-Book erhältlich

272 Seiten • Gebunden
ISBN 978-3-401-60196-0
www.arena-verlag.de

Jerry Kennet

Die Grünbarts

978-3-401-60159-5

Auf Zeitreisen ist nicht gut Pizza essen

Zacks Familie ist einfach unverbesserlich. Kein Wunder, wer verbringt schon wie die Grünbarts seine Ferien am liebsten in anderen Zeiten? Mit ihrem Zeitreise-Wohnmobil ist das kein Problem. Da haben Zacks Eltern eine geniale Idee: Sie bieten Zeitreisen für jedermann an! Prompt steht die erste Kundschaft vor der Tür ...

978-3-401-60160-1

Zusammen klebt man besser als allein

Diesmal geht es mit Jonas, dessen Vater und dem besserwisserischen Roboter namens Jonas2 zu den größten Erfindern der Menschheit. Blöd nur, dass die Grünbarts dort durch eine klitzekleine Kleinigkeit die Vergangenheit und damit auch das 21. Jahrhundert, wie wir es kennen, völlig durcheinanderbringen!

978-3-401-60161-8

Ein Hamster dreht am Rad

Zacks Eltern haben sich den Magen verstimmt. Und so ist es an Grog, Hojo und Zack, die neuen Zeitreise-Kunden durch die Vergangenheit zu führen. Bei denen handelt es sich ausgerechnet um den skandalumwobenen Superstar Poppy Peril und ihren Manager Ed Hamster! Ihre Tour zu den größten Musikern geht ziemlich bald ziemlich schief ...

WESTGROBIANIEN
Kliff der Beißwutdrachen
BARBAREN
Insel Kauz
Austerschleim-Bänke
GRIMMBOLD-INSEL
Schrägvogel-Inseln
T
TOTENSTILL-INSEL
TRÜBES
SCHURKEN
Unglücksklippen
SUMPFDIEB-INSELN
Zornige Meeresenge
TOBSUCHTS
Wald der tobsüchtig